Para Tracey, mi alma.
Michael, mi corazón.
Isabelle Rose, mi vida.

1

Un hilo de esperanza

Se derraman más lágrimas por plegarias atendidas que por las no atendidas.
—Santa Teresa de Jesús

El que nada espera nunca sufre desengaños.

Salvo unos pocos poetas y monjes iluminados retirados en lo alto de un monte, los demás sí tenemos nuestras ilusiones. Es más, no es que las tengamos, es que las necesitamos. Alimentan nuestros sueños, nuestras esperanzas y nuestras vidas como una bebida energética con dosis extra de cafeína. Charlotte había dejado de vivir, pero no estaba dispuesta a dejar de soñar; si bien todo apuntaba a que alguien había dejado sus sueños en eterna espera.

Morirse de aburrimiento no era una opción. Charlotte Usher ya estaba muerta. Tamborileó sus finos dedos sobre la mesa, impasible, y se desplazó en su silla de oficina de tres ruedas a un lado del cubículo y luego al otro, estirando el cuello por si así obtenía una mejor perspectiva del pasillo.

—Esto no es vida gruñó Charlotte, lo bastante alto como para que Pam y Prue, que ocupaban sendos cubículos cercanos, la oyeran.

—Evidente. No lo es para ninguno —graznó Prue—. Y ahora cierra la boca, que estoy atendiendo una llamada.

—Cosa que también *tú* deberías hacer —sentenció Pam, recurriendo a una mano en lugar de a la tecla correspondiente para silenciar el auricular y evitar que su «cliente» pudiera escucharla.

Pam y Prue continuaron parloteando muy ocupadas, y Charlotte lanzó a su aparato una mirada cargada de resentimiento.

Todos los teléfonos, y los cubículos, eran idénticos. De color rojo sangre, con una única luz parpadeante en el centro. Sin teclado, sin posibilidad de marcar una llamada saliente. Sólo las recibía.

Es más, ni siquiera podía estar segura al cien por cien de que la luz parpadease, porque, hasta ese momento, el aparato no había sonado jamás. No es que la llamada la hubiera pillado en el pasillo y no hubiese llegado a tiempo o algo por el estilo. No había sonado jamás. Ni una sola vez desde que estaba allí, tiempo este que por otra parte se le antojaba una eternidad.

—Quizá esté mal conectado —se quejó Charlotte, con un gesto en el que a la ausencia de llamadas se sumaba su falta de entusiasmo. Tendió los brazos sobre la mesa y apoyó la cabeza en ellos, como un huevo pálido y frágil arrebujado en un nido.

—Esmalte de uñas vigilado nunca se seca —le susurró CoCo con condescendencia al pasar dando saltitos junto al cubículo de Charlotte y verla mirando fijamente el teléfono.

Pasar día tras día allí sentada, incomunicada, era algo terriblemente frustrante para Charlotte, por no decir más que bochornoso. ¡Los teléfonos de los otros no paraban de sonar! Además, ¿no era gracias a *ella* que el resto de sus compañeros de clase, ahora becarios en prácticas, estaban allí para empezar? Demonios, si hasta la chica nueva, Matilda Miner, que se sentaba justo enfrente, estaba parloteando y recibiendo centenares de llamadas más que ella.

—Menuda lata, ¿eh? —dijo Maddy, asomando su encrespada cabeza sobre la división que las separaba—. Es una lata que nadie te llame.

Charlotte asintió decaída y justo cuando empezaba a armarse de valor para hablar, el teléfono de Maddy sonó. Otra vez.

—Ay, perdona —la atajó Maddy, haciendo constatar algo más que evidente para Charlotte—. Ahora no puedo hablar. Tengo que responder a esa llamada. Hablamos luego, ¿te parece?

—Claro —dijo Charlotte con resignación, y volvió a apoyar la cabeza sobre los brazos, si bien en esta ocasión torció los ojos hacia la videocámara que, desde el techo, apuntaba en su dirección. ¿La estaban monitorizando? Más bien se estarían burlando de ella, sí, eso era más probable.

Con todo, trató de mantener el rostro impasible, al más puro estilo de un adolescente de la realeza británica que asiste a un besamanos creyéndose explotado. Si algo había aprendido era que su conducta importaba, sobre todo si la estaban observando. Bajó la mirada, guiñando los ojos contra el blanco cegador de las paredes y las luces de neón del techo de la oficina, y aceptó su soledad con la gracia y dignidad propias de una becaria en prácticas consciente de su pedigrí. Enderezó la espalda, cruzó las piernas a la altura de los tobillos, plegó sus huesudos dedos sobre los muslos, frunció los labios en una rígida sonrisita y prosiguió con… la espera.

Charlotte se puso a cavilar; algo que, últimamente, hacía con excesiva frecuencia.

Atragantarse con aquel osito de goma y morir en clase lo había cambiado todo, pero no todo era malo. La muerte hizo posible que madurara como persona mucho más de lo que lo hiciera en vida. Aprendió a valorar el trabajo en equipo, el altruismo y el sacrificio gracias a sus compañeros de Muertología y al apoyo y condescendencia del profesor Brain. Incluso consiguió ir al Baile de Otoño con Damen, el chico de sus sueños. O algo parecido, por lo menos. Y lo más importante de todo, encontró una amiga íntima, un alma gemela, Scarlet Kensington, una conexión que había estado buscando toda la vida. Cruzó satisfecha al otro lado, esperanzada e ilusionada. Pero ahora, su futuro, el que tan luminoso se le presentara en aquel instante, se parecía cada vez más a un punto muerto. La vida en el Otro Lado no era ni mucho menos lo que Charlotte se esperaba. Antes que al paraíso se parecía al día después de Navidad. Cada día. Empezó a repasar la lista de lo que se «suponía» debería ocurrir y no había ocurrido. Nada de puertas celestiales ni arpas. Sólo más trabajo que hacer.

A su llegada, recordó, los chicos de Muertología tuvieron que esperar en una sala monocroma vacía, como la celda de una prisión pero sin barrotes. Era imponente y no tenía ni pizca del encanto, cuestionable eso sí, de la oficina de bienvenida de Hawthorne High. Uno a uno, sus compañeros fueron llamados e invitados a traspasar una anodina puerta de acero. Como en vida, Charlotte fue la última de todos.

—Usher —la llamó por fin el señor Markov, un hombre que gastaba gafas de concha e iba ataviado con un traje—. Usher, Charlotte.

—¡Presente! —contestó ella, feliz de que por fin alguien pronunciase su nombre, y se hubiese molestado en hacerlo bien.

—Vaya, genial —espetó él con brusquedad, enfriando de manera considerable la euforia momentánea de Charlotte—. Hemos tenido algunos problemas técnicos con las líneas y queríamos asegurarnos de que todo funcionaba como es debido para que pudieses empezar directamente.

—¿Empezar? ¿Empezar con qué?

Charlotte ya no quería empezar nada más, estaba dispuesta a parar. A dejar de aprender, de trabajar, de desear. Todo eso. El hombre no respondió mientras conducía a Charlotte al interior del otro espacio: una sala repleta de cubículos rectangulares y teléfonos, todos iguales. Se quedó clavada en el sitio, los ojos como platos, observando lo que todavía debía discernir en aquello, exactamente. Era como si el lugar y todos sus ocupantes se encontraran en la punta de la cola de un ser antaño vivo, pero que ahora aparecía tieso y disecado, casi como una pieza de museo. Apenas si había nada que llamase la atención. Todo era tan... anodino.

—¿Es que Dios ha montado un canal de venta telefónica? —bromeó con evidente nerviosismo.

Luego, al mirar a su alrededor, empezaron a revelársele algunos nimios detalles. Había una mesa y un teléfono para cada uno de sus compañeros, y quedaba un puesto libre. Todos los de Muertología estaban ya sentados, y se alegró de que todos hubiesen logrado llegar juntos hasta allí, fuese lo que fuese ese «allí».

Markov arrancó con su charla. Era otro discurso de orientación, aunque ni mucho menos tan abierto e interactivo como el que pronunciara el profesor Brain al comienzo de sus clases de Muertología. El tipo tenía más de sargento instructor que de guía espiritual.

—Todo cuanto habéis aprendido —anunció Markov— os ha traído hasta aquí.

Por el tono de su voz era difícil saber si el logro resultaba digno de encomio o no.

—¿De qué va esto? —le preguntó Charlotte a Pam en voz baja.

—Se diría que nos hemos graduado y ahora tenemos que hacer prácticas —susurró Pam desde su cubículo.

—Aquí es donde os someteréis a prueba, donde vais a poner en práctica todo lo que habéis aprendido —continuó el señor Markov.

—Esto es una M —soltó Prue con insolencia.

—No, es una centralita de ayuda —dijo él.

—¿De ayuda? ¿De qué? ¿Para qué? —preguntó Charlotte atónita.

—Para adolescentes con problemas.

—Podría ser algo más concreto, señor —le instó Charlotte en el tono más marcial que le salió—. Por si no se ha dado cuenta todavía, todos los adolescentes tienen problemas.

El señor Markov era uno de esos tipos impacientes que no toleran con facilidad comentarios sarcásticos de sus subordinados, pero podía leer la confusión en el rostro de los becarios y se sintió obligado a ofrecerles una explicación.

—¿Alguna vez has batallado contigo misma? —preguntó.

—A diario —reflexionó Suzy Scratcher.

—¿Se refiere a mentalmente? —replicó Pam, captando la idea antes que los demás.

—Exacto —dijo el señor Markov—. Vais a ser la voz que otros escuchen dentro de sus cabezas. Cuando estén asustados o confusos o se sientan solos o tal vez contemplen la posibilidad de hacer algo impensable, entonces vuestro teléfono sonará.

—¿Como el tutor del grupo de alcohólicos anónimos de un famoso o algo así? —saltó CoCo, dejando una vez más que aflorara su antigua adicción a las revistas de cotilleo.

—Os brindará la oportunidad de ser útiles, de hacer algo bueno por los demás y de comunicar a otros lo que habéis aprendido —añadió el señor Markov.

—¡Sí, va a ser genial poder hablar otra vez con personas vivas! —exclamó Charlotte, dando claras muestras de no haber entendido del todo el concepto.

—No es que vayáis a *hablar* con ellos, exactamente, Usher —la corrigió él—. En realidad, seréis algo así como...

—Su conciencia —le interrumpió Charlotte, demostrando que había entendido el concepto mejor de lo que hubiese podido aparentar instantes atrás.

—Sí, eso es —dijo el señor Markov.

—Rebobine, por favor —sonó como un pitido la voz de Metal Mike, muestra de su infantil «voz interior».

En lugar de reprenderle por su sarcástico eslogan, Markov aprovechó el comentario para proseguir con la explicación. Se fue hasta el teléfono de Mike, lo descolgó para dar mayor efecto a sus palabras y continuó:

—Tarde o temprano todos necesitamos ayuda —dijo.

—Algunos más que otros —espetó CoCo con arrogancia, paseando la mirada por la sala.

—Sin embargo, ayudar a los demás no es sólo una *llamada,* es una habilidad —dijo haciendo un alarde de ingenio sorprendente—. Algo aprendido.

Charlotte escuchaba escéptica. Sabía sobradamente por haberlo experimentado en sus propias carnes que la simpatía, la empatía hacia los demás, era un don que o se tenía o no. Y la mayoría de la gente no lo tenía.

—Se pueden tener muy buenas intenciones —dijo Markov—, pero dar un mal consejo o prestar ayuda de forma inapropiada en el momento equivocado puede resultar mucho peor que no hacer nada.

—Así que estamos aquí para perfeccionar nuestras habilidades —agregó entusiasmado Buzzsaw Bud, a quien la perspectiva de ser bueno en algo le atraía enormemente.

Markov asintió con la cabeza.

—Y cuando lo consigamos, ¿pódremos irnos? —preguntó Charlotte con impertinencia.

Markov levantó la ceja mientras Pam tragaba saliva y le lanzaba a Charlotte una mirada cargada de preocupación.

—Nada te obliga a quedarte —dijo Markov lacónicamente, con un tono de desaprobación obvio para toda la clase—. Te puedes ir cuando quieras, es decisión tuya.

Si por ella fuera, se habría ido en ese mismo instante, pero se le ocurrió que, de hacerlo, estaría decidiendo también en nombre de quienes, estaba convencida, la llamarían desesperados. Pensó que era eso a lo que él se refería en realidad. Markov estaba poniendo a prueba su conciencia, su sentido de la responsabilidad. No hacía falta que lo expresara con palabras; las arrugas de su frente lo decían todo. La idea de cargar semejante peso sobre sus hombros la asustó.

El hecho es que Markov les había dejado muy claro a Charlotte y al resto de la clase en qué consistía aquello. Tenían un deber que cumplir, y no debían tomárselo a la ligera. Poco dado a circunloquios, Markov cambió de tema.

—Antes de empezar debemos ocuparnos de otro asunto —continuó—: un regalo de graduación.

Se abrió una puerta y un grupo de gente inundó la sala. Charlotte estaba confundida. Los ojos de cuantos la rodeaban se iluminaron con la alegría del reconocimiento. Pam, sin habla, se levantó y corrió a los brazos de un hombre de aspecto amable.

—¿Pam? —gritó Charlotte.

—Es el señor Paroda, mi profesor de música de segundo. ¡Fue el que me enseñó a tocar el flautín!

A continuación, Silent Violet abandonó su silencio y corrió chillando hacia una anciana.

—¡Abuela! —exclamó Violet en tanto abrazaba a la mujer de pelo canoso.

—Tenemos que hablar —dijo ésta mientras conducía a Violet hacia un rincón, donde se arrebujaron y empezaron a cotorrear.

Cuando todos hubieron entrado en la habitación, hizo su aparición una figura gloriosa y elegante, solo que ésta tenía un aura rosada cortada a medida.

—Querida —dijo aquella mujer impecablemente vestida.

—Señora Chanel, esto es un sueño hecho realidad —farfulló CoCo al borde del desmayo mientras extendía una mano hacia su ídolo—. Siempre he querido hacer de mi vida algo importante, igual que usted.

—De cuántas cuitas nos liberamos cuando decidimos no ser algo, sino alguien —dijo Coco Chanel—. Se trata de una de mis citas preferidas.

—Es una cita increíblemente brillante —dijo CoCo—. ¿De quién es?

—Mía, querida, mía —contestó Chanel en toda su atemporal grandeza.

En la habitación, todos estaban ya emparejados con parientes, mentores e incluso mascotas tiempo ha fallecidos. Aquellos conmovedores encuentros emocionaron a Charlotte, que ahora miró a su alrededor, intrigada por ver quién le habría tocado a ella. Pensó en sus padres, por primera vez en mucho tiempo. ¿Cruzarían el umbral tal y como debieron haber hecho quince años atrás? Lo único que le contaron entonces fue que habían salido a celebrar su aniversario para no regresar jamás.

Cuando murieron, ella sólo tenía dos años, así que probablemente no los reconocería ni aun teniéndolos delante. Recuperando una vieja costumbre, Charlotte empezó a examinar la nariz de todo el mundo, por si alguna se parecía a la suya. Se acordaba de que cuando las madres de sus compañeros acudían al colegio a recogerlos, la profesora siempre decía «tiene tu nariz», de modo que era eso lo que Charlotte siempre había buscado. Se había pasado la vida entera deseando encontrar a alguien que tuviera su nariz. Pero ahora, mientras miraba a su alrededor, entre la multitud, no dio con ninguna que casara con la suya.

—A ver, por favor, un poco de atención —interrumpió Markov a la vez que sacaba lo que a todas luces parecía una perspectiva de una urbanización—. Esto os ayudará a orientaros.

Era un sencillo complejo circular e incluía una manzana en forma de media luna compuesta por lo que parecían casitas adosadas a lo largo del perímetro, cada una de los cuales lucía una etiqueta con el nombre del becario a quien había sido asignada. Charlotte estaba demasiado distraída para ponerse a buscar su nombre entre el grupo de domicilios, pero ni falta hacía que se hubiese molestado, porque, como enseguida pudo comprobar, éste no estaba allí.

A cierta distancia de los adosados se erguía el edificio en el que se encontraban ahora y, frente a él, uno más grande de apartamentos. Charlotte trató de calcular cuál sería la distancia real entre ambos a partir de la escala del plano, su mente ocupada con ecuaciones del tipo «un centímetro es igual a tantos metros» mientras los demás se centraban en sonreír. Las viejas costumbres, y los mecanismos de defensa, nunca mueren.

—Está bien, quienes tengáis asignada una vivienda os podéis ir a casa el resto de la tarde —dijo Markov, cuyo anuncio fue recibido por los becarios con sumo griterío y alborozo.

Charlotte todavía no había conseguido calcular la distancia exacta, pero era evidente que había un buen trecho entre las «viviendas» —calificativo que, todo hay que decirlo, le pareció un tanto irónico— y el resto del complejo. Curiosamente, el conjunto se le antojó una suerte de enorme cara sonriente, donde los adosados formaban una amplia sonrisa y la torre de apartamentos y el edificio de oficinas, los ojos, vacíos, dilatados, indescriptibles, como los suyos.

—Los demás encontraréis una habitación en la residencia, al otro lado del patio —dijo Markov sin más.

¿Los *demás*?, pensó Charlotte. No quedaba nadie más que ella. Se refería a ella.

—Disfrutad poniéndoos al día —dijo Markov afablemente mientras se despedía de los becarios—. Y... que paséis una buena tarde.

—Sí, y que lo digas —gruñó Charlotte sintiendo que se confirmaba su observación sobre la cara sonriente—. Y la sorna va por mí.

Todos abandonaron la sala con sus respectivos seres queridos. Almas perdidas desde hacía mucho tiempo, unidas de nuevo. Y lo único con lo que Charlotte parecía haberse reunido de nuevo era con aquel viejo sentimiento de soledad. Sin nadie que la reclamase. Contemplar aquel desfile de parejas era como sufrir una muerte lenta y dolorosa. Ni siquiera estaba segura de a *quién* le hubiese gustado encontrarse de nuevo al otro lado. Y, sin embargo, siempre dio por hecho que alguien habría.

—Todos estamos solos en la muerte… y unos pocos lo seguimos estando después —suspiró compadeciéndose de sí misma. Cuando la muchedumbre se hubo ido y la puerta se cerró tras la última pareja, Charlotte levantó la vista y vio a alguien en quien no había reparado antes: una chica que la miraba sentada desde el otro extremo de la habitación.

La chica estaba acicalada de los pies a la cabeza. Su oscura melena rizada, que llevaba recogida en el cogote, sin un solo mechón fuera de lugar, acentuaba sus rasgos afilados y sus gruesos labios. El largo vestido, estampado con motivos geométricos, estaba estudiadamente gastado y descolorido para hacer ver que no le importaba su aspecto, pero a Charlotte no le daban gato por liebre. Bien mirado, el atuendo no tenía nada de casual, y la chica menos. Todo en ella destilaba autosuficiencia, todo salvo la simpática sonrisa que le dedicó al cruzarse sus miradas.

—Hola —dijo la chica con entusiasmo, antes de que Charlotte pudiera preguntarle qué hacía allí—. Soy Matilda, pero puedes llamarme Maddy.

—Encantada de conocerte... Maddy —dijo Charlotte agradecida, a la par que un tanto desconcertada por la calidez de Maddy. Después de todo, no se conocían de nada.

—Se ve que somos compis —pió Maddy alegremente.

—Oh, eh, no sé... Antes tendré que hablar con Pam y Prue...

—Pensaba que... —la voz de Maddy se apagó—. Como sólo quedamos nosotras...

Charlotte conocía aquella expresión. Cómo era eso de tender la mano y ser, bueno, rechazada.

—¿Se ha ofrecido alguna de tus *amigas* a que las acompañaras para presentarte a sus seres queridos?

—No... pero... —empezó Charlotte tratando de buscar alguna excusa para sus amigas, mas se detuvo. Era evidente que, por lo menos de momento, se habían olvidado de ella—. Estamos aquí gracias a mí, ¿lo sabías? —dijo Charlotte, que no pudo resistirse a la tentación de crecerse delante de una chica nueva—. Bueno, todos menos tú, claro.

—Vaya, es verdaderamente impresionante —replicó Maddy con brusquedad—. Sí que se olvidan pronto, ¿eh?

—Sí —dijo Charlotte con un hilo de voz.

—Entonces de nada sirve que nos quedemos aquí, ¿verdad? ¿Nos vamos a casa?

Charlotte vaciló unos instantes, todavía aturdida y levemente desmoralizada por la situación, pero al final consiguió sobreponerse.

—Suena tentador. Vamos.

Maddy sonrió con amabilidad y ambas abandonaron la oficina y se dispusieron a cruzar el patio hacia la enorme y altísima torre circular de apartamentos que les serviría de residencia el tiempo, cuánto no lo sabían, que permaneciesen allí estancadas.

—¿Éste es nuestro… hogar? —le preguntó Charlotte a Maddy sin demasiado entusiasmo mientras contemplaba el edificio.

Era de una altura imponente aunque impersonal, justo igual que la plataforma telefónica. En parte obelisco, en parte aguja espacial, encajaba a la perfección en aquel extraño complejo de corte militar. Atemporal y espartano. Entraron, se dirigieron al mostrador de la entrada y saludaron al portero. Él las miró impasible, les tendió las llaves de un apartamento de la decimoséptima planta y les indicó dónde se encontraban los ascensores. Aparentemente, charlar no entraba dentro de sus funciones.

—¿Diecisiete? —murmuró Charlotte en voz alta—. Qué absurdo.

—Será mejor que te vayas acostumbrando —dijo Maddy como quien no quiere la cosa mientras se dirigían a los ascensores.

Había un montón de gente esperando, así que Charlotte optó por no decir nada. Apretaron el botón de «subir» y esperaron junto a un grupo de críos revoltosos y una jovencísima y atractiva pareja —novios del instituto, quizá— a que bajara el ascensor. Sonó el timbre, se abrieron las puertas y todos pasaron al interior. El ascensor empezó a «subir» lentamente.

—¿Y por qué tengo que acostumbrarme?

—Piénsalo —dijo Maddy—. ¿Cuántos años tienes?

—Diecisiete —contestó Charlotte, sin caer del todo.

—Yo también. Tenemos diecisiete años... siempre los tendremos.

Justo cuando Charlotte empezaba a comprender, el ascensor se detuvo en la sexta planta, donde se bajaron algunos de los críos. Después paró en la séptima y en la octava, y unos cuantos más salieron en cada planta. A medida que subían, se sentía más hundida.

Charlotte trataba de ver el lado positivo, pero no lo lograba. Siempre había ansiado hacerse mayor para dejar atrás una infancia marcada por la inseguridad y la soledad. Ahora no había lugar para su ser futuro¡ de hecho, no había necesidad de que ese ser futuro existiese, ni siquiera en su imaginación. Y esa chica, la encarnación futura de sí misma, más que ninguna otra, era la persona de la que más le costaba despedirse. Charlotte vio salir a los últimos críos del ascensor en la duodécima planta, y dejó de compadecerse un tanto de sí misma. Pero sólo un poco.

Las puertas del ascensor se abrieron ante un vestíbulo circular alfombrado con una mohosa moqueta gris de esas que sirven tanto para interiores como para el exterior. Charlotte se imaginó el olor a moho y, aun estando muerta, la sola idea la hizo estremecerse. Cuando dieron con su habitación, Maddy abrió la puerta muy despacio y accionó el interruptor de la luz.

—¿Qué es esto? —graznó Charlotte, examinando la estancia fría y húmeda.

Era una habitación desnuda, de aspecto industrial, «acabada» con suelos de cemento y grandes ventanales, desprovista de mobiliario salvo por una mesa, dos sillas de tijera y dos camas, si es que a aquello se le podían llamar camas. En realidad eran literas, unas literas de acero inoxidable empotradas a la pared. El mullido edredón, las vidrieras y los postes tallados de la cama de Hawthorne Manor no eran más que un bonito recuerdo.

—Ni que alguien fuera a querer llevárselas —dijo Charlotte, sacudiendo la inmóvil estructura de las literas con todas sus fuerzas. Al contacto, la situación adquirió un tinte mucho más real, y mucho más desagradable.

—No sé —dijo Maddy con un atisbo de optimismo en la voz—. Tampoco está tan mal. Tiene un aire muy… fresco.

—Tú lo has dicho, sí. Fresco como el Polo Norte.

—Oye, al menos nos tenemos la una a la otra, ¿no? —dijo Maddy, tratando de arrancarle una sonrisa.

Charlotte sólo pudo concluir una cosa: fuera lo que fuese *aquello,* era todo menos una escalera al cielo.

2

Clavando la aguja

Un amigo de verdad te apuñala de frente.
—Oscar Wilde

¿Cómo puede uno saber quiénes son sus amigos?

Un amigo de verdad siempre está ahí, sin otra prioridad que la amistad misma. Contamos con nuestros amigos para que nos animen en los momentos bajos, para que nos pongan los pies en la tierra en los momentos de euforia, y lo que es más importante, para que estén ahí siempre que necesitemos algo, lo que sea. Charlotte ya no estaba muy segura de quiénes eran sus amigos, pero sí de que los necesitaba.

Un día más y la misma rutina. Charlotte se pasó la tarde mirando por la ventana y se fue a la cama después de otro día tan aburrido como los demás. Trató de no hacer ruido para no despertar a Maddy, pues pensó que había caído derrotada tras un día, otro más, de intenso trabajo en la oficina. Pero pasados unos minutos de absoluto silencio, Maddy habló:

—Puede que no sea asunto mío, Charlotte, pero… no, mejor olvídalo.

—No, Maddy, sigue, por favor. Somos amigas. Pregunta lo que quieras.

—¿No te parece que a veces algunas de las chicas de la oficina, Prue y Pam en particular, no te valoran como deberían?

—¿A qué te refieres?

La curiosidad en la voz de Charlotte apuntaba a que Maddy probablemente había tocado su vena sensible. Charlotte estaba acostumbrada a que le hablaran con condescendencia y había aprendido a ignorar ese tono hasta tal punto que ya ni lo notaba.

—No sé, es que me parece que te deben mucho, nada más —continuó Maddy—. Pero nadie lo diría por cómo te tratan. Puede que sólo sea cosa mía…

—Son mis amigas —contestó Charlotte a la defensiva, sacando pecho por ellas—. Hemos pasado por mucho juntas.

—¿Amigas íntimas? —preguntó Maddy, cuya voz sonó ahora algo rasposa—. ¿En serio? Pues no se nota.

Charlotte permaneció en silencio.

—Me voy a dormir. Buenas noches, Charlotte.

Charlotte no la oyó, en realidad. Estaba demasiado ocupada tratando de dominar los sentimientos de inseguridad que Maddy acababa de desatar.

Mientras Maddy descansaba, Charlotte bajó flotando de la cama superior de la litera y fue a sentarse en una de las incómodas sillas colocadas junto al ventanal. Abajo podía ver las viviendas adosadas y la valla, pero más allá de ésta todo se divisaba en un pronunciado ángulo descendente, que bajaba desde el campus, como si vivieran en lo alto de un campanario. Le habría ido bien poder respirar algo de aire fresco, pero no había ser, por sobrenatural que fuera, capaz de abrir aquellas ventanas.

Empezó a cuestionarse, cebándose en sus defectos, magnificándolos, como espinillas en un despiadado espejo cosmético. Pero ¿no se suponía que eso ya estaba superado? ¿Que la perdedora rarita se había transformado, no se sabe cómo, en el espíritu sabio y maravilloso que ahora era? En ese momento no es que se sintiera demasiado… evolucionada. Se volvió para mirar a Maddy y la enervó su expresión, con los ojos abiertos como platos.

—¿Te importaría cerrar los ojos? No estoy para «miradas vacías» que digamos.

—Como deseéis —dijo Maddy con voz somnolienta mientras se llevaba los dedos a los ojos y se los cerraba manualmente.

Estaba claro que Maddy era diferente a las demás chicas, pero al menos estaba allí. Para Charlotte, significaba mucho. Todos los demás estarían demasiado ocupados trabajando o reuniéndose con sus seres queridos o lo que fuese. Cerró los ojos y se durmió.

El sol matutino había irrumpido en la penumbra por primera vez desde que estaba allí, y Charlotte lo interpretó como una buena señal.

—Venga, Maddy —gritó desde el otro extremo del pasillo con cierta frustración—. Vamos a llegar tarde.

Llevaba ni se sabe cuánto tiempo plantada delante del ascensor con el dedo pegado al botón, y podía imaginar perfectamente las selectas palabras que los vecinos de las plantas superiores e inferiores le estarían dedicando en ese instante. Es más, no había necesidad alguna de imaginarlas pues las ingratas frases ya habían empezado a elevarse por el hueco del ascensor y a penetrar en sus oídos.

—Vaya manera de hacerse amigos —vociferó.

Se puso a pensar en la ristra de rituales matutinos que recordaba de su vida. Por ansiosa que estuviera de salir de casa, fuera cual fuese en la que hubiese sido alojada ese año, recordó que levantarse siempre le costaba horrores. En eso sí que tenía la muerte una ventaja, y es que todos los inconvenientes que acarreaba toda buena higiene podían dejarse de lado para siempre.

Nunca más tendría que frotarse el sueño de los ojos, lavarse la cara, cepillarse los dientes, pesarse en una báscula que siempre marcaba dos kilos de menos —o eso quería pensar—. Adiós a la agonía de decidir qué ponerse o cómo peinarse. Adiós al temor al espejo del baño o al de cuerpo entero, ya puestos; se acabó la obsesión de cubrir a toda costa la espinilla del día con maquillaje corrector, que de todas formas sólo conseguía llamar más la atención, y tener luégo que acordarse de tapársela con la mano mientras hablaba de cerca con alguien. Cutis limpio, cielo abierto. A decir verdad, pensó Charlotte llevándose al rostro la mano que le quedaba libre y frotándose su siempre suave y pálida tez, la muerte era una crema limpiadora fabulosa. Era una pena que no se pudiese embotellar.

Charlotte asomó la cabeza por fuera del ascensor y empezaba a gritar de nuevo cuando vio a Maddy emerger alegremente por la puerta del apartamento.

—Qué alegría, cuánto tiempo sin verte —dijo una sarcástica Charlotte, retirando el dedo del botón a la vez que Maddy pasaba al interior.

—¿A qué tanta prisa? ¿Qué crees que van a hacer, despedirnos?

—No es eso.

—Entonces *¿qué?* —preguntó Maddy, con un tono helado que Charlotte no le conocía—. Ni que tu teléfono estuviera sonando sin parar.

El comentario no le sentó nada bien a Charlotte. Ya era de por sí irritante no recibir llamadas, pero hasta entonces todos los becarios habían tenido al menos la decencia de no decírselo a la cara.

Conforme entraban en la plataforma, el aire se llenó de sonidos de descontento.

—¡Usher! —vociferó el señor Markov—. ¡Llegas tarde!

—Despedida —dijo Maddy con una risita, se escondió detrás de Charlotte y se dirigió a hurtadillas hasta su mesa, a resguardo de la mirada del jefe de la oficina.

Charlotte se dio la vuelta en busca de apoyo, pero Maddy hacía rato que se había esfumado. Pam, Prue y todos los demás despegaron momentáneamente la oreja de sus respectivas llamadas y se volvieron a mirarla, meneando la cabeza. Charlotte avanzó a paso lento hasta la oficina de Markov y se preparó para la bronca pública que sabía se le venía encima.

—Bueno, ya es *tarde* para todos, ¿no? —bromeó, en un intento de aplacar la tormenta.

—Esto se está convirtiendo en costumbre —la reprendió Markov, ni mucho menos divertido—. Y se tiene que acabar ya.

—Es que estábamos, esto…

—Hay personas que cuentan contigo, Usher —interrumpió Markov a voz en grito—. Y las estás dejando tiradas.

Charlotte no tenía demasiado claro a quiénes podía estar ella dejando tirados, si a sus compañeros de trabajo o a los que la llamaban por teléfono, sobre todo teniendo en cuenta que no parecía que ni unos ni otros estuviesen prestándole demasiada atención. Markov sí que lo hacía, en cambio, y hablaba con la gravedad de un ataque al corazón. A juzgar por su expresión, se diría que estaba a punto de sufrir uno. Lo mejor, decidió, sería dejarlo estar y no hacer demasiadas preguntas.

—Sí, señor —contestó en un tono cortante, casi militar. Sólo le faltó el saludo.

Markov la miró de hito en hito, y decidió que era sincera.

—Que no se repita —dijo con severidad.

Charlotte se apartó cabizbaja y retrocedió por el pasillo, chocando sin querer contra la mesa de Pam en el instante mismo en que ésta colgaba el teléfono.

—¿Qué pasa contigo? —preguntó Pam, sorprendida ante el inusitado pasotismo de Charlotte—. Me parece que se te está pegando lo peorcito de la nueva.

—Se llama Matilda Miner —dijo Charlotte malhumorada—. Y al menos ella está lo bastante cerca como para pegarme algo.

—¿A qué te refieres con eso de «lo bastante cerca»? Yo soy la mejor amiga que tienes aquí.

—¿Qué hiciste anoche? —preguntó Charlotte como quien no quiere la cosa, aparentemente.

—Ah, pues nada del otro mundo —Pam hizo una pausa, como pensándoselo—. El señor Paroda vino a darme la clase de flautín y Prue, Abigail y Rita también se pasaron. Al final acabamos dando un pequeño recital.

—Suena divertido —dijo Charlotte desdeñosamente—. Qué pena habérmelo perdido.

—Venga, Charlotte. No te lo tomes así. Ya sé que estás frustrada con eso de no recibir llamadas ni haberte reencontrado con nadie, pero no es culpa nuestra.

—¿Sabes lo que hice yo anoche? Tumbarme en la litera a mirar el techo.

Charlotte giró la cabeza y lanzó una mirada asesina a los becarios, que, con disimulo, no perdían ripio de su agarrada con Pam. Al hacerlo, uno a uno bajaron los ojos e hicieron ver que trabajaban. Todos excepto Maddy.

—Como si te importara algo —se quejó Charlotte a Pam mientras se dirigía hacia su mesa—. Ni a ti ni al resto de vosotros.

3

Mala conexión

El amor-fantasía es mucho mejor
que el amor-realidad.
—Andy Warhol

La idea que se tiene de alguien a menudo puede resultar mucho más atractiva que la realidad de esa persona.

Por eso funcionan las relaciones a larga distancia. Tu romance idealizado permanece indemne al mal aliento, a los malos hábitos y a los progenitores embarazosos. Tu supuesta alma gemela no deja de ser nunca la persona que querías y que anhelabas. Sólo hay una gran pega, y es que tu alma gemela nunca está contigo. Los problemas empiezan cuando al otro lado de esa relación a distancia están tus propios sentimientos.

En Hawthorne High, la mejor amiga viva de Charlotte, Scarlet, apenas podía mantener los ojos abiertos en la clase de historia de última hora. Después de pasarse un rato manoseando sus gafas vintage, se puso a arrancar hilitos sueltos de su camiseta casera de *Lick the Star*[1], mientras la banda del instituto ensayaba una horrorosa versión del *Do You Love Me?* de Nick Cave. Se entretuvo puntuándolos por su desesperado intento de hacer que el trombón sonara como la letra, pero al cabo de un rato notó que no hacía más que darle dolor de cabeza.

El señor Coppola, su acicalado, soltero y cuarentón profesor, que todavía vivía con su madre viuda, rememoraba por enésima vez la experiencia más interesante de su vida: su aparición de adolescente en el concurso *Let's Make a Deal.*

[1] Sofia Coppola debutó como directora en 1998 con este cortometraje en el que un grupo de adolescentes obsesionadas con el libro de V. C. Andrews *Flores en el ático* urden un plan para envenenar a los chicos de su instituto. *(N. de la T.)*

—Muy bien. Puesto que todos habéis bordado el examen sorpresa de ayer, vamos a relajarnos y a disfrutar del éxito, ¿os parece? —dijo el señor Coppola.

Hizo un ademán para que abrieran la puerta, igual que si fuese a revelar el escaparate del premio final de la subasta del *Un, dos, tres,* o algo por el estilo. Los alumnos soltaron un gemido a coro. Todos sabían lo que venía a continuación.

—¿Qué hay detrás de la puerta número uno? —exclamó mientras Sam Wolfe, casi al mismo tiempo, franqueaba la entrada empujando un desvencijado carrito metálico con un televisor viejo y polvoriento encima. Fue como si lo hubiesen ensayado, y Scarlet conocía lo suficiente al señor Coppola como para saber que su suposición no iba ni mucho menos desencaminada. Aun así, se alegró de ver a Sam.

—¿Es que tenemos que ver a Howie Mandel otra vez? —vociferó un chico desde el fondo de la clase.

El señor Coppola giró sobre los talones con la precisión de un patinador profesional y en un visto y no visto se plantó delante del chico.

—¿Howie Mandel? —bramó con incredulidad—. ¡Es Monty Hall![2] No hay ni punto de comparación. Monty Hall es una leyenda, se lleva la palma en lo que a concursos con subasta de premios se refiere.

Para entonces la cara del señor Coppola estaba roja como una manzana, tenía los ojos desorbitados y había empezado a cecear ligeramente. El comentario le había herido en lo más

---

[2] Presentadores de los concursos televisivos *Deal or No Deal* y *Let's Make a Deal,* respectivamente, en los que el concursante debe escoger entre maletines o puertas que esconden regalos o el dinero que le ofrece el presentador. *(N. de la T.)*

hondo, sí señor, y ver quién conseguía hacerle hervir la sangre se había convertido en el deporte favorito de sus alumnos desde que llegó a Hawthorne. La forma más directa de hacerlo era con un ataque frontal a la figura de Monty Hall.

—Y ahora, silencio todos, y tratad de aprender algo —ordenó, a la vez que le hacía una señal a Sam para que pusiera el reproductor en marcha.

La vieja y requetevista cinta de vídeo empezó a correr, y el señor Coppola clavó los ojos en la pantalla, aguardando a verse a sí mismo. Sentados en la oscuridad, los alumnos observaban la pantalla, esperando a que el señor Coppola exclamara: «¡Ése soy yo!». Y tal y como estaba previsto, a los siete minutos exactos de grabación, un joven señor Coppola con bigote —ataviado con una camiseta de Xanadú, unos pantalones cortos de deporte muy apretados, calcetines hasta las rodillas y zapatillas Adidas— apareció, durante exactamente dos segundos, justo detrás de Monty Hall, quien, como siempre, trataba de llegar a un trato con un patán incapaz de decidirse entre un Cadillac y un burro.

La reproducción de esta secuencia siempre conllevaba la ineludible congelación de la imagen y el consiguiente relato sobre cómo él tenía en el bolsillo el bastoncillo para los oídos y cómo la mujer sentada delante de él no iba a poder concursar porque no tenía uno. Y entonces se dejaba llevar por la emoción, describiendo el modo en que Monty Hall había inclinado la cabeza en su dirección mientras subía los escalones hacia la mujer. Creyó, como seguramente lo hizo el resto de la audiencia, que Monty iba hacia él. Y durante esos escasos segundos pensó que él sería… el elegido.

Scarlet trataba de prestar atención, llegando incluso a tomarse todo el asunto aquel del *Let's Make a Deal* como una Metáfora-de-la-Vida, pero se encontraba a kilómetros de allí. Ella y su novio, Damen, se habían pasado la noche colgados al teléfono charlando sobre cine independiente, las últimas descargas de música que tenían pendientes de escuchar y los conciertos a los que querían ir. Ella era otra persona cuando hablaba con él. Abierta y parlanchina, las palabras le salían atropelladamente, dejándola sin respiración. El subidón de adrenalina era tan fuerte que, después de colgar, tardaba horas en quedarse dormida, si es que al final lo conseguía.

Estaba agotada porque, por desgracia, había perdido la costumbre de esas noches en vela. Con Damen en la universidad y ella trabajando y tratando de sacarse el último curso de instituto, les resultaba cada vez más difícil encontrar un hueco para el otro. Aunque para Scarlet, en realidad, era a él a quien le costaba cada vez más encontrar tiempo para ella. Las visitas, incluso las llamadas por teléfono, se habían vuelto menos y menos frecuentes. Ahora se hallaban en sitios diferentes, en más de un sentido, y Scarlet tenía la sensación de que no eran sólo meros kilómetros lo que los distanciaba.

Además, le echaba mucho de menos. Habían compartido cosas que ella jamás habría podido, ni querido, compartir con ninguna otra persona en aquel pueblo de mala muerte en el que vivían. Damen siempre se acordaba de compartir con ella cada detalle de los grupos que había visto tocar en The Itch y de las películas que echaban fuera del campus, y le guardaba artículos promocionales como carteles y entradas usadas y le conseguía algunas camisetas de los grupos que tocaban en su fantástica ciudad universitaria, que era un mundo aparte comparado con Hawthorne. Al menos eso era lo que había hecho durante un tiempo, pensaba.

Scarlet no era tonta. Conocía los peligros que entrañaba el no estar juntos, el no fabricar nuevos recuerdos. Era la sentencia de muerte de toda relación. Y si el final de la conversación de la noche anterior debía tomarse como un indicador, cualquiera hubiese dicho que el paciente estaba, cuando menos, enfermo.

«Bueno, será mejor que te deje colgar —recordó que había dicho Damen—. Tienes que madrugar para ir al instituto…».

No es que él tuviera prisa por colgar exactamente, pero la pasividad de su adiós y ese tono en apariencia generoso —envolviendo su despedida con una condescendiente palmadita verbal en la cabeza—, analizó, podía ser que ocultasen una verdad mucho más profunda. No había dicho: «Tengo que colgar», sino: «Te dejo colgar…». En otras palabras, la había cargado a ella con el peso de colgar, haciéndola creer que era decisión de ella, cuando en realidad no era ni mucho menos así. *Ella* no quería colgar, pero al parecer él *sí*.

Entre ellos, las despedidas al teléfono no es que hubiesen sido nunca muy normales, pero ¿por qué no podía él hablar a las claras? Este pensamiento la llevó a recapacitar sobre lo más grave del asunto.

Nunca se habían dicho «te quiero». Ni por teléfono ni a la cara. Habían estado a punto, pero jamás habían llegado a pronunciar esas dos palabras. Era un asunto que preocupaba a Scarlet porque ya llevaban un tiempo juntos y era evidente que ambos sabían lo que el uno sentía hacia el otro, pero ninguno había conseguido reunir el valor suficiente para ser el primero en decirlo. Bueno, al menos en su caso.

¿Podía ser que él no lo dijera porque no lo sentía así? Sus vidas habían cambiado tanto el último año. Naturalmente, sería más que comprensible que los sentimientos de él también lo hubiesen hecho. Aunque bien podía ser que se les hubiese pasado el momento de decirlo, y eso era peor aún. Significaría que su relación seguía adelante con el piloto automático o… en punto muerto.

Petula, su hermana, muy dada a asestarle dolorosos puyazos disfrazados de consejos fraternales, había dejado caer que tal vez la relación de Scarlet no era más que un *fauxmance,* un falso romance, y que Damen había movido ficha en tanto que Scarlet le perseguía como una estúpida colegiala. Scarlet sabía de sobra lo que Petula intentaba hacer. Seguía loca por Damen, por no hablar de su ego herido después de que él la abandonara por su hermana. Eso era más que evidente, pero no por ello dejaban sus incursiones de sembrar más dudas si cabe en Scarlet.

Cuando la voz de Petula resonaba en su mente por encima de todas las demás, pensó Scarlet, es que había llegado el momento de dejar de pensar. Toda esta excavación emocional resultaba del todo impropia para una cabeza tan fría como la de Scarlet, de modo que antes de terminar poniendo en serio peligro su salud mental, respiró hondo y recordó lo que Damen había *dicho,* y no lo que ella había *oído.*

«Te… quiero… decir, ya sabes, que me encanta hablar contigo», habían sido sus exactas palabras la noche antes.

«Bueno, pues tampoco está taaaaaan mal, ¿no?», se reprendió Scarlet, avergonzada por su reciente viaje al mundo de las chaladuras.

«Pues me alegro de que no sea sólo por mi fama, mi cuerpo y mi dinero», recordó cómo había bromeado ella en un intento por quitarle hierro al asunto. Damen se rió un segundo, y entonces ella escuchó un clic, y luego silencio.

La hermana mayor de Scarlet no padecía esos conflictos interiores. El único dilema que tenía ese día era si firmar la asistencia a clase y luego largarse para hacerse la pedicura en el spa coreano o si pasar de todo y entregarse de lleno a la necesidad de cultivar su cuerpo. Se inclinaba más por la segunda opción, no sólo por irresponsabilidad sino más bien llevada por la más absoluta indiferencia. El instituto nunca le había interesado demasiado, excepto como un lugar donde hacer valer su superioridad, y ahora que la habían dejado atrás le importaba aún menos si cabe. El incidente del Baile de Otoño prácticamente había sido borrado de la memoria colectiva de Hawthorne High, pero a Petula todavía le estaban haciendo pagar por su crimen con una repetición involuntaria de curso. Pero no hay mal que por bien no venga, y, cómo no, supo explotar la situación a su favor.

Es más, repetir le había venido de perlas. Prefería con mucho ser un pez gordo en un estanque pequeño, y la perspectiva de empezar su escalada social otra vez desde abajo en alguna facultad no le resultaba nada atractiva. Lo cierto es que no era *nadie* fuera del instituto y lo sabía. Sus mejores amigas, las Wendys, alcanzando nuevas cotas de superficialidad, habían decidido repetir también, como si con su gesto homenajearan a Petula. Así que, a pesar del inconveniente, no es que las cosas hubiesen cambiado demasiado para ella.

Ese día la pedicura era un asunto de extrema urgencia. Se estaba engalanando para su gran cita con Josh Valence, un chico de último curso de Gorey High, el mayor rival de Hawthorne High. Josh era el capitán del equipo de fútbol americano, además de un buen partido, así que quería estar superperfecta de los pies a la cabeza. Pero ligarse al chaval no era todo, también la movía el deseo de venganza. Esperaba que el asunto llegara a oídos de Damen. Había perdido la final contra Gorey por los pelos, y aunque Damen no le había dado mayor importancia, Petula, siempre tan mezquina, estaba convencida de que él no podría soportar enterarse de que ella salía con Josh.

Cuando acabó con la parte del régimen de belleza del que podía ocuparse ella personalmente, se dio cuenta de que ya iba con retraso. Llegó cinco minutos tarde al centro de spa y comprobó lívida de espanto que, aun habiendo pedido una cita de urgencia la noche anterior, todavía tendría que esperar. Observó cómo pasaban los segundos, mientras de sus limpísimos poros brotaban gotitas de sudor que formaban perlas sobre sus cejas depiladas.

Aún tenía que pasarse por los rayos UVA, volver a casa, almorzar unos cuantos palitos de zanahoria, ducharse, secarse el pelo y plancharse el top-sujetador nuevo, por no hablar de recoger a Scarlet en el instituto, porque se había llevado su coche, y de mantener a las Wendys bien informadas por SMS acerca de cada uno de sus movimientos. Se estaba estresando un montón, aunque lo de «recoger a Scarlet» era uno de los puntos que menos la preocupaban de la agenda del día.

Llevaba nada menos que tres minutos esperando cuando por fin pudo ocupar su lugar en el trono de la pedicura, y la técnica de uñas empezó a frotar, rascar, lijar, masajear y cortar. Lo normal era que Petula pidiese un tratamiento ejecutivo y no se dignase a dirigirle la palabra a la esteticista. Pero ese día su impaciencia aumentaba por minutos y empezó a meterle prisa.

—Pero ¿qué haces? —espetó—. No quiero que me toques las cutículas.

La técnica en uñas la miró con una sonrisa y bajó de nuevo la vista para continuar con su trabajo. Petula pensó que no la había entendido.

—¿Tú no hablar inglés? ¡Mí No Gusta! —se quejó de mala manera empujándose las cutículas de los dedos como en una suerte de lenguaje de signos. La técnica volvió a asentir, con la mirada vacía esta vez, y Petula estalló—. Arre, arre —se burló instando a la técnica una vez más a que acelerara el paso, sus agitados pies salpicando a la chica de arriba abajo de agua sucia, escamas de piel seca, callos y roña.

Al comprobar que no se daba el debido cumplimiento a sus exigencias, Petula la abordó al más puro estilo Rocky 1.

—¡Que cortes! —rugió por fin, señalándose las uñas de los pies.

La chica procedía lo más rápido posible, aplicándose al máximo en el cumplimiento de las demandas de Petula, pero con los nervios y el tembleque de manos, se le fueron las tijeras sin querer y le hizo un corte en el dedo gordo.

Petula siguió gritándole a la chica a la vez que retransmitía la incompetencia de ésta a todo el spa, donde clientes y esteticistas empezaban a asomar la cabeza por la puerta de las salas de depilación para ver a qué venía tanto alboroto.

—Un momento, deje que le ponga un poco de alcohol —se disculpó la chica en un inglés perfecto, para mayor desesperación de Petula.

—Me parece que ya has hecho más que suficiente —ladró Petula—. ¡Y más vale que esto no deje CICATRIZ!

Petula recogió sus cosas de mala manera, salió a la calle cojeando con las chanclas de papel y los separadores de dedos de espuma todavía puestos y se metió en el coche.

Estaba que echaba chispas, pero tener que volver a casa en el abollado y rayado trasto viejo de Scarlet, forrado de adhesivos de grupos de música y emisoras de radio y con una rueda de repuesto sin tapacubos, era casi insoportable. Encima, el coche era negro, el color que menos le gustaba.

Petula solía ponerse un pañuelo en la cabeza, gafas extragrandes y hasta peluca, en algunas ocasiones, para que nadie la reconociese cuando lo conducía. El coche, más que nada, le recordaba a Scarlet, y ésa era razón más que suficiente para que lo odiase.

Al llegar al instituto, se detuvo junto a la acera y bajó el cristal de la ventanilla del copiloto tan pronto divisó a su hermana. Scarlet se sintió morir cuando escuchó el último CD de Fergie brotando a todo volumen de su reproductor último modelo, y se preparó para la batalla.

—Sube, *Little Miss Misery* —ordenó Petula cuando vio a Scarlet salir por la puerta.

En lo primero que reparó Scarlet fue en las chanclas de papel de Petula.

—Veo que has currado de lo lindo hoy, ¿eh? —dijo con sorna—. No puedes conducir con eso. No cuentan como calzado.

—Ay, qué penita, ¿ya estamos con la depre? —preguntó Petula destilando falsa aflicción—. Por tu culpa voy a llegar tarde a una cita superimportante.

Scarlet repasó para sí un millón de respuestas sugerentes, entre ellas cómo Petula era un grano en el culo de la sociedad, pero insólitamente lo dejó pasar. Se mordió la lengua y guardó silencio. El trayecto a casa se le hizo eterno, y eso que Petula lo recorrió en tiempo récord. El coche no se había detenido del todo cuando Scarlet abrió la puerta de par en par cual víctima de un secuestro y, literalmente, saltó al exterior. No es que se tirara y rodara por el suelo en plan película, pero casi.

—Tengo que arreglarme para el curro —chilló mientras corría hacia la puerta principal y subía como una exhalación las escaleras hasta su cuarto.

Petula entró detrás de ella con toda tranquilidad y se dio cuenta de que casi no le quedaba tiempo. Se arrancó los separadores de entre los dedos, embutió los pies en los taconazos de punta más sugerentes que encontró en el armario y se sentó a esperar a Josh en el banco de madera tallada de la entrada.

Al cabo de un rato llegó un coche, y Petula, agotada de tanto correr e insultar a técnicas de uñas, hizo esperar a Josh lo suficiente como para que le molestara, como por otra parte era su costumbre. Scarlet emergió de su habitación con los labios embadurnados en su inconfundible pintalabios rojo, una camiseta ceñida de The Slits y unos vaqueros negros muy apretados a juego con un ancho cinturón aborigen australiano vintage y bailarinas de leopardo.

—Anda, mira, pero si ya ha venido tu rollete —dijo Scarlet mientras cogía las llaves y salía de casa.

Petula esperó unos segundos más y luego descendió el paseo de entrada hasta la acera y se metió en el coche de Josh. Le dio un beso largo e íntimo, dijo hola, y salieron a toda velocidad. Acabaron en una fiesta en una de las residencias de Gorey High, donde los presentes o bien desconocían a Petula por completo o la odiaban a muerte. Allí, ella sólo conocía a Josh, y éste estaba demasiado ocupado disfrutando de los rutilantes efectos de su superpopularidad, marcándose solos en su guitarra invisible y bebiendo chupitos de vodka y Red Bull sin parar, como para hacerle caso a ella.

La expresión de Petula fue más que suficiente para indicarle a Josh que a ella no se la dejaba en un rincón con el resto de «ligues». Ni siquiera hacía el más mínimo esfuerzo por socializar con alguna de las chicas del Gorey. Josh se acercó hasta donde estaba para dedicarle algo de su tiempo, en persona.

—Ay, perdona, Petunia —dijo arrastrando la voz con afectada insinceridad.

Mientras charlaba con ella, no obstante, Josh estaba más pendiente de lo que ocurría a su alrededor que de la conversación, sus ojos escudriñando la multitud por encima del hombro de Petula para comprobar si alguna de las otras chicas se había puesto celosa o si había alguien más interesante con la que enrollarse. Esa actitud de caza y captura sacaba a Petula de sus casillas, más incluso que el que la llamaran por otro nombre.

—¿Qué? ¿Has acabado ya de frotar tu, esto, ego contra tus amigotes? —soltó Petula.

—Prefiero que me lo frotes tú —dijo Josh rodeándole con sus manos la cintura.

Petula veía moverse los labios de él, pero apenas podía oírle por encima del ruido circundante. Lo cierto era que, de repente, no se encontraba del todo bien. Toda esa charlatanería egocéntrica de Josh empezaba a darle náuseas.

Antes de que Josh pudiera soltar otra chorrada, Petula perdió el equilibrio y se abalanzó contra él. Estaba muy pálida, pero Josh malinterpretó el gesto y pensó que estaba a punto de apuntarse un tanto con la chica más solicitada de Hawthorne.

—Así me gusta —dijo con voz empalagosa.

—No me encuentro bien —dijo Petula con voz quejumbrosa pegando su cuerpo al de Josh en busca de apoyo.

—Oh, sí, claro que sí —le susurró Josh echándose hacia delante y agarrándola del culo—. Te encuentras estupendamente. ¿Nos vamos?

Petula apenas logró asentir con la cabeza y aún menos apartarle las manos de su trasero. Se separaron al instante, Josh levantando un victorioso pulgar a sus amigos babeantes a la vez que arrastraba a Petula detrás de él. Pensaba llevársela al Picadero, que en realidad era la cabaña de pesca que tenía su padre a unos ocho kilómetros de allí. El interior era una especie de clínica tercermundista, con una hilera de camas para acomodar al mayor número de parejas posible, aunque sin las mosquiteras. Por desgracia para Josh, no llegaron tan lejos.

Como a medio camino, Petula, que había sido embutida en el asiento del copiloto prácticamente inconsciente, se enderezó de golpe en el asiento y echó todo lo que había que echar encima del salpicadero, de Josh y de ella misma.

—Joder —soltó Josh repugnado, chorreando vómito—. No me extraña que Damen te dejara por tu hermana.

Petula no pudo oírle. Se había desmayado casi por completo. Josh dio media vuelta en mitad de la carretera y puso rumbo a casa de Petula a toda velocidad. Se detuvo con un frenazo delante de la casa, rodeó corriendo el coche hasta la puerta del copiloto, la abrió y sacó a Petula del interior. La arrastró unos cuantos metros y la dejó tirada como un apestoso montón de basura en medio del paseo de entrada, para luego volver a subirse al coche y salir de allí a todo trapo. Petula sintió cómo el frío asfalto, las piedrecillas y la arenilla se le clavaban en su perfil perfecto.

Entretanto, Scarlet, agotada tras una ajetreada noche en la cafetería y un tanto deprimida aún, cogió el coche y se fue para casa nada más salir del trabajo, ansiosa por comprobar si tenía algún correo electrónico de Damen. Aparcó en la calle y atravesó el césped hasta la puerta de entrada. Casualmente, se volvió para mirar hacia el paseo de entrada y creyó ver una enorme bolsa de basura.

—Malditos mapaches —murmuró, sintiéndose en la obligación de acercarse y recogerla.

Al aproximarse, descubrió que no era otra que Petula, que yacía sin conocimiento y despatarrada en el suelo. De haber sido cualquier otra noche, la habría dejado allí tirada para que durmiese la mona en la calle y así darle una lección. Ese día, por alguna razón, era diferente. Por odiosa que fuera, pensó Scarlet, Petula no habría permitido jamás que nadie la viera a ella en semejantes condiciones.

—Te has vuelto a pasar de rosca, ¿eh? —preguntó Scarlet, sacudiendo suavemente a su hermana.

No obtuvo respuesta.

—Petula, despierta —dijo elevando la voz aunque con menos rencor.

En ese mismo instante, el teléfono de Petula empezó a sonar, pero ella no respondió. Conociendo como conocía a su hermana y su enfermiza nomofobia, tan aterrada siempre de separarse del teléfono móvil, Scarlet supo que allí pasaba algo.

Encendió su Bic y se arrodilló para observarla de cerca. Scarlet se quedó horrorizada. Petula tenía los ojos semiabiertos y dilatados, y apenas respiraba. Estaba cubierta de sudor y olía a vómito. Luego le tocó la cara: estaba ardiendo. Cogió a su hermana por los hombros y le dio media vuelta, de forma que ésta quedó boca arriba.

—¡Petula! —gritó, una y otra vez, ahora ya con un ataque de pánico de manual. Pero siguió sin obtener una respuesta.

Scarlet recostó a Petula sobre sus rodillas y empezó a mecer su cabeza, rebuscó en el bolsillo de su abrigo vintage negro con cuello de astracán y marcó el 911.

4

Epitafio para el corazón

No vemos las cosas tal cual son,
las vemos tal cual somos.
—Anaïs Nin

Sólo puedes salir de tu ensimismamiento mirando en tu interior.

Hay personas que viven con un miedo constante a que su corazón deje de latir en cualquier momento, sintiendo cada latido como un número más en la cuenta atrás hacia el fin antes que como señal inequívoca de que están vivos. Otros apenas si son conscientes de que un corazón late en su interior, y viven el día a día ajenos a la complejidad de su funcionamiento interno. Es posible que la inquietud de los primeros no afecte en nada al resultado final, pero es evidente que sí afecta a su punto de vista. ¿Es mejor preocuparse en exceso que no hacerlo en absoluto?

Petula seguía tumbada en la misma camilla en la que la habían colocado los ATS, desnuda bajo uno de esos camisones blancos de hospital, de talla única y abiertos por la espalda. Scarlet la había acompañado en la ambulancia, evitando las miradas que la acusaban de SPM —Sospechosa de Parricidio Meditado— a la vez que observaba con nerviosismo cómo los técnicos comprobaban sus constantes vitales y trataban de estabilizarla. Tras entrar por la puerta de Urgencias sobre su camilla de ruedas, habían conducido a Petula hasta una sala de observación aislada, apartada del resto de los pacientes que estaban siendo tratados en las salas de Urgencias.

—¿Qué es, doctora? —rogó Scarlet, inclinándose sobre el cuerpo inerte de Petula.

—De momento, no tengo ni idea —contestó la doctora Patrick—. De lo único que estamos seguros es de que tiene fiebre y no responde a los estímulos. Clínicamente, está en coma.

Scarlet apartó la vista, petrificada al escuchar aquella palabra, y le alivió ver a su madre entrando a toda prisa en la sala. Le agradó menos ver a las Wendys precipitarse al interior justo a la zaga. La expresión que adoptaron sus caras al ver a Petula podría haber sido interpretada por quien no las conociera tan bien como reflejo del estupor o del dolor o puede que hasta de la aflicción, pero a Scarlet no la engañaban. Sabía que era el reflejo de la más pura envidia. Aunque se ufanaba de su incapacidad de leer los pensamientos de las Wendys en todo momento, Scarlet acertó al suponer que la razón de su envidia era la perfecta inmovilidad de Petula. Se habían presentado a una selección de modelos de *body sushi* para el nuevo restaurante japonés de la ciudad, y permanecer absolutamente inmóviles era un requisito esencial que todavía tenían que aprender a dominar.

—¿Está tomando alguna medicación? —continuó la doctora a la vez que procedía a examinar a Petula.

—Pues no de forma regular, no —respondió Wendy Thomas por iniciativa propia.

—No, claro que no —soltó Scarlet al tiempo que se plantaba junto a su madre como una tigresa defendiendo a sus crías—. Esta sala está reservada sólo a la familia, ¿verdad?

—Somos más hermanas suyas que tú, Harlot[3] —añadió Wendy Anderson. Aquello le dolió porque Scarlet sospechaba que, ya fuese para bien o para mal, era muy probable que tuviesen razón.

---

[3] Juego de palabras intraducible entre los homónimos *Scarlet/Harlot* («ramera», en inglés), que también podría hacer referencia a la Gran Ramera, en inglés *Scarlet Harlot,* del Apocalipsis. *(N. de la T.)*

Kiki Kensington, la madre de Petula y Scarlet, las mandó callar con un movimiento de la mano. La cosa era seria y enseguida quedó patente de quién habían heredado Petula y Scarlet su talante brusco, poco dado a andarse con tonterías.

—¿Existe alguna posibilidad de que esté embarazada? —preguntó la doctora Patrick.

—No. NO está embarazada —negó la señora Kensington de forma tajante y autoritaria.

—La verdad es que se le ve el vientre algo hinchado —le comentó Wendy Anderson a Wendy Thomas torciendo la boca a la vez que se daba unas palmaditas en su tripa lisa como una tabla en busca de alguna molla.

—Ya ves, noqueada *y* preñada —farfulló Wendy Thomas.

—Bueno, hay que reconocer, doctora, que no podemos estar seguros de si está embarazada o no. Verá, lo cierto es que anoche quedó para salir con Josh —dijo Wendy Anderson, evaluando las pruebas con la destreza de una jovencísima CSI licenciada en un curso online—. Así que no creo que ninguno de los aquí presentes tengamos la autoridad de considerarla estéril.

Scarlet puso los ojos en blanco y silenció a las Wendys con una mirada capaz de derretir los polos más rápido que el calentamiento global. No estaba por la labor de dejar que aquellas maliciosas descerebradas extendiesen por Hawthorne el rumor de un posible embarazo de las proporciones del atribuido a la princesa Diana estando Petula como estaba, fuera de combate y completamente indefensa.

—Lo siento, pero es algo que debemos preguntar a todas las mujeres en edad de procrear antes de administrar cualquier tipo de tratamiento o medicación —añadió la doctora Patrick amablemente en consideración hacia la señora Kensington—. Es el protocolo. De todas formas, lo confirmaremos con un análisis de sangre. ¿Por qué no salen todas y descansan un poco? Es posible que no tengamos los resultados hasta dentro de unas horas. Las llamaremos si se produce algún cambio.

La señora Kensington salió para llamar a su ex marido, con Scarlet pisándole los talones. Scarlet la observó teclear el número, y se quedó un tanto sorprendida. Ni siquiera sabía que su madre conservase aún su número de teléfono. La tragedia y la enfermedad tienen una extraña manera de volver a unir a las personas, pensó. Incluso a ex parejas mal avenidas.

Por algún motivo, escuchar aquella conversación hizo que pensara en Charlotte y la fotografía del acto conmemorativo que apareció en el periódico del instituto. Recordaba perfectamente que en ella no había nadie de la familia de Charlotte. ¿Es que no tenía a nadie que la echara de menos?, recordó que había pensado mientras tecleaba la necrológica. ¿Es que no le importaba a nadie?

Scarlet le dio un abrazo a su madre y se dirigió hacia el ascensor mientras trataba de localizar a Damen en el móvil. La operadora no cesaba de contestar «fuera de cobertura», de modo que ni siquiera pudo dejarle un mensaje. No le apetecía enviarle un SMS detallándole por escrito lo que ocurría. Le necesitaba ahora más que nunca y él no estaba disponible.

Mientras la señora Kensington y Scarlet salían de la sala de observación, las Wendys se rezagaron.

—Por cierto, doctora, una cosa más —dijo Wendy Anderson justo cuando la médico salía por la puerta—. ¿Lo del coma no es contagioso, verdad?

La doctora ignoró la pregunta y corrió la cortina azul dejando al trío en el interior.

Las Wendys intercambiaron miradas e inmediatamente sacaron sus iPhones. Acto seguido, emprendieron una sesión de fotos improvisada para el Facebook, posando junto al cuerpo inconsciente de Petula. Wendy Anderson ladeó la cabeza de Petula para pegarla a la suya mientras Wendy Thomas se subía a una silla, a fin de obtener la mejor perspectiva aérea posible, y hacía las fotografías.

—No veas la de visitas que vamos a tener. ¡Envía aviso de que hemos agregado nuevas fotos! —exclamó Wendy Thomas mientras agitaban insensiblemente sus PDAs en el aire, apuntando a diestro y siniestro, como linternas en una cueva oscura, tratando de dar con una señal WiFi para así poder colgar el nuevo contenido.

Las Wendys consiguieron las visitas que andaban buscando, y a resultas de ello se propagó casi al instante la noticia de que Petula estaba hospitalizada. Los chicos de su clase partieron en peregrinación al hospital tan pronto como la página web de las Wendys se cayó por exceso de visitas. No es que quisieran interesarse por su estado o presentarle sus respetos, no; fueron hasta allí para ver con sus propios ojos a Petula Kensington, inconsciente, en cama, y prácticamente desnuda. Era un sueño colectivo hecho realidad.

—¿Nombre? —preguntó la recepcionista de más edad que atendía el mostrador del control de enfermeras.

—Burns, Richard —respondió un chico mientras Scarlet pasaba de largo.

La recepcionista imprimió el nombre en una etiqueta adhesiva de identificación.

—Buen intento, Dick Burns… Como si nadie hubiese oído ese nombre antes —espetó Scarlet mientras le arrancaba la identificación de su cazadora American Eagle.

La recepcionista parecía confusa.

—Quieren echarle una ojeada —bramó Scarlet, enfurecida con el grupo de chicos babeantes y con la ignorante recepcionista—. *Mi hermana* no recibe visitas, sólo los amigos íntimos y familiares de la lista que les hemos proporcionado. Está en el ordenador.

Una larga fila de chicos suspiró al unísono y dio media vuelta para irse mientras Scarlet franqueaba las puertas de cristal.

Se volvió de espaldas a toda prisa y pulsó una vez más la tecla de marcación rápida para llamar a Damen. Necesitaba desesperadamente algo de apoyo y, sobre todo, consejo. Interrumpió su llamada el tono de otra en espera. Se despegó el teléfono de la oreja y echó un vistazo a la pantalla. Era un mensaje de texto. Pulsó ansiosamente una tecla para abrirlo pero el mensaje no era de Damen, sino de su madre. Decía que había vuelto la médico y que quería que Scarlet regresara a la habitación.

Scarlet no esperó a que llegara el ascensor, en su lugar subió corriendo cuatro tramos de escaleras y llegó arriba en cuestión de segundos.

—¿No pueden poner una bombilla menos potente en este cacharro? —preguntó Wendy Thomas a la enfermera, que en ese momento comprobaba el historial de Petula sosteniendo en alto la lámpara—. ¡Da muchísima luz y hace que se le vean unos poros *enormes*!

Scarlet y su madre pasaron al interior de la habitación cogidas de la mano, para afrontar unidas cualesquiera fueran las noticias que tenían que darles. La doctora Patrick entró justo detrás de ellas. Abordó el asunto inmediatamente, utilizando ese tono flemático al que de costumbre recurren los médicos cuando las noticias no son buenas.

—Los resultados de la analítica nos han permitido descartar varias cosas, entre ellas un pequeño quiste de ovario que pensamos podría haberse roto y causado una infección.

—¿Un quiste? ¡Mi tía tuvo un quiste y tenía dientes! No dientes normales, no, ¡muelas! —dijo Wendy Anderson haciendo auténticos esfuerzos por no echar la primera papilla. Con todo, si Petula tenía un quiste, ellas en secreto también querían uno.

—No obstante, el recuento de glóbulos blancos es alarmantemente elevado y tiene muchísima fiebre —farfulló la doctora Patrick, descartando y teniendo en cuenta enfermedades, mientras examinaba a Petula a conciencia—. Esta reacción tan aguda tendría que deberse a una causa reciente…

Conforme hablaba, la doctora Patrick retiró la sábana un poco más, de forma que los pies de Petula quedaron al descubierto.

—¡Pero si le han quitado su esmalte de uñas de Chanel nuevo! —exclamó Wendy Anderson—. Se va a poner como una furia. ¡Ese tono ya no se encuentra ni en eBay!

En cualquier otra situación, Scarlet ya habría echado a las Wendys del cuarto hacía un buen rato, pero por extraño que fuera, sus comentarios superficiales resultaban reconfortantes ahora. Observó intimidada a su hermana, parcialmente expuesta, mientras la toqueteaban aquí y allá como a un cadáver en unas prácticas de la Facultad de Medicina, despojada de su esmalte de uñas y de toda dignidad.

—¡Aquí está! —dijo la doctora señalando su uña.

—Ah-oh… —las Wendys, Scarlet y Kiki tragaron saliva a un tiempo.

—Su hija ha contraído una infección por estafilococo —la doctora Patrick entornó los ojos y se inclinó para mirar de cerca el dedo gordo de uno de los pies de Petula—, en su última pedicura.

—¿No estaba borracha? —preguntó Scarlet.

—No, estaba perdiendo el conocimiento, y si no llegas a traerla aquí de inmediato, es posible que no lo hubiese contado —dijo la doctora Patrick acomodándose los largos mechones rubio ceniza del flequillo detrás de la oreja—. ¿Ven ese pequeño corte en el dedo?, pues ése es el foco de la infección —dijo la doctora Patrick—. Esos salones de belleza no son nada seguros, por no decir que nada higiénicos.

—¡Ya estamos otra vez, igualito que en Pearl Harbor! —saltó Wendy Thomas con un alarido de incredulidad—. ¡Un ataque a traición!

—Le dije que no fuera a ese salón —continuó Wendy Anderson—. He oído que a Kim Makler la dejaron sin dedo gordo en ese sitio y se ha quedado sin poder ponerse sandalias esta primavera.

—¿Se recuperará? —preguntó la señora K, obviando por completo los ridículos comentarios de las Wendys.

—Lo sabremos en las próximas veinticuatro horas —respondió la doctora Patrick, ordenando a la enfermera que le triplicara a Petula la dosis de antibiótico.

Scarlet se giró y advirtió el gesto de «preocupación» en el rostro de las Wendys cuando le abrieron otra vía a la paciente, pero sospechó que estaban felices de poder formar parte de una situación tan dramática. Estar tan cerca de Petula en el que quizá podía ser el momento de su muerte las convertía en firmes candidatas para heredar su posición, su «mismidad». Eso podía lanzar sus carreras en el instituto y establecer un nuevo legado para ellas como líderes, y no meras seguidoras. Después de todo, ¿qué era el instituto sino un juego de «cada una a lo suyo»?

—No hace falta que vayáis a Louis Vuitton a comprar una mantita para el ataúd —bromeó Scarlet—. Se va a poner bien.

Las Wendys salieron de la habitación, y una vez fuera se reagruparon al instante, discutiendo sobre imaginarios planes de funeral y sobre dónde comprarían sus trajes de luto de alta costura.

—Cada uno expresa su dolor a su manera —comentó la doctora después de que hubieran salido.

Scarlet rodeó a su madre con los brazos.

—De hecho, se trata del momento más crítico. Lo único que podemos hacer es esperar —dijo la doctora Patrick, haciendo que la señora K prorrumpiera en llanto.

Scarlet se propuso no moverse de allí para que su madre tuviera alguien en quien apoyarse, pero ¿en quién iba a apoyarse ella? Damen seguía desconectado, de todas las formas imaginables.

Kiki indudablemente necesitaba a Scarlet, pero Petula, decidió, la necesitaba más. Después de recoger una muda en casa,

Scarlet le dio un beso a su madre y la tranquilizó. Antes de que pudiera salir por la puerta, su madre la detuvo y rebuscó algo en el armario del vestíbulo.

—Por favor, llévate esto —le pidió con la voz ronca de tanto llorar—. Lo necesitará cuando despierte.

Scarlet no era una chica sentimental, pero sintió que se le llenaban los ojos de lágrimas cuando tomó con delicadeza de la mano de su madre el vestido que Petula tenía planeado ponerse en el Baile de Bienvenida, que, como cada año, brindaba a los antiguos alumnos la oportunidad de regresar al instituto y reunirse con sus viejos compañeros de clase. Al sentir el género deslizarse entre sus dedos, Scarlet comprendió por primera vez la razón por la cual el Baile de Bienvenida era tan importante para Petula. La razón por la cual se había pasado el año entero haciendo lo imposible para reparar su reputación y recuperar su grupo de incondicionales. No era que Petula quisiera ser la reina del baile, *necesitaba* serlo. Scarlet no pronunció una palabra más.

Al llegar al hospital entró con él en la habitación y lo colgó donde Petula pudiera «verlo», tal y como su madre le había pedido. Tal vez no surtiera ningún efecto en el estado actual de Petula, pero verlo allí sin lugar a dudas hizo que Scarlet se sintiera mejor. Agotada, se desplomó en la silla, se quitó su trenca rockabilly, la lió en forma de almohada y poco a poco concilió el sueño.

Un arrastrarse de pies la despertó de repente. Eran demasiado pesados para que perteneciesen a las enfermeras o las auxiliares, pensó. Abrió los ojos y trató de enfocar la mirada.

—¿Dónde te habías metido? —preguntó Scarlet, incorporando la cabeza del sillón reclinable de escay verde oliva. Se puso de pie y se acercó a aquella figura conocida que ocupaba el umbral.

—¿Por qué dices eso? —dijo Damen en voz baja, abrazándola tan fuerte que casi la hizo olvidar sus penas—. Acabo de llegar a la ciudad y me he venido corriendo para acá.

Scarlet no estaba muy segura de si todo era un sueño o no, pero, si lo era, le encantaba.

—Llevo intentando contactar contigo desde ayer por la noche —profirió atropelladamente—. Te llamé y te llamé, pero la operadora decía que estabas fuera de cobertura, y no hacía más que saltar el buzón de voz…

—Bueno, y entonces, ¿por qué no me dejaste un mensaje y ya está?

—Y como la otra noche tenías tanta prisa por colgar —continuó. Antes de proseguir, echó el freno y admitió sin más—: Pues eso, que pensaba que a lo mejor es que no querías hablar conmigo.

—¿Y eso por qué? —preguntó Damen.

Pero Scarlet tenía semejante expresión de angustia que Damen concluyó que la respuesta a aquella pregunta en concreto no tenía la menor importancia.

—No te llamé porque estaba en la biblioteca empollando para un examen —explicó—. Y —hizo una pausa— porque iba a venir de todas formas.

—¿Que ibas a venir? —preguntó ella.

—Para el Baile de Bienvenida, era una sorpresa —dijo Damen mientras volvía a estrecharla entre sus brazos—. Ya sé que no va demasiado contigo, pero te echaba mucho de menos.

«Lo dice en serio», pensó Scarlet para sí.

—He ido a tu casa directamente y tu madre me ha dicho lo que pasaba —explicó Damen, con unos ojos como platos—. No me lo podía creer.

Tenía todo el derecho del mundo a estar sobrecogido, todos lo estaban, pero Scarlet trató ahora de descifrar por el tono de su voz si lo que expresaba Damen era sólo sorpresa, o si sentía otra cosa, algo más profundo, como, quién sabe, aflicción, pena o... amor reavivado. Todo esto era tan impropio de ella que hizo un esfuerzo consciente por salir de su cabeza y volver a la conversación.

—Mamá está hecha polvo —dijo—. Está tan afectada que se niega a volver al hospital hasta que las noticias no sean mejores.

—Ya —Damen soltó una risita nerviosa—. Cuando llegué tenía fuera todos los zapatos de Petula y les estaba sacando brillo.

—Anoche estaba ordenando todas sus pestañas y uñas postizas por tamaño —confesó Scarlet—. Ha perdido la cabeza, y la verdad es que a mí me falta poco.

Era la primera vez que Scarlet expresaba en voz alta su preocupación por el estado de Petula, y el solo hecho de que tan inopinada confesión hubiese brotado de su boca la asustó. Él tiró de ella hacia sí una vez más, le apartó el pelo de sus ojos abotargados y, pasado un minuto, entraron en la habitación. Damen descorrió la cortina azul y miró a Petula —la examinó de arriba abajo, más bien—. Scarlet observó cada uno de sus movimientos buscando algún indicio de pasión renacida. No pudo evitarlo.

Era la primera vez que la veía en mucho tiempo. Desde el Baile de Otoño del año anterior, cuando ella había perdido los nervios. En cierto modo, se había preparado para verla en el Baile de Bienvenida. Pero verla de aquel modo le resultó triste. Petula era ante todo orgullosa, y aunque probablemente no le hubiese importado mostrarse así de expuesta, era más que seguro que le irritaría encontrarse tan disponible.

—¿Qué le ha pasado? —preguntó Damen.

—Los médicos dicen que ha cogido una infección con la pedicura —explicó Scarlet—. Claro que no se habría hecho la pedicura si no hubiese tenido una cita con Josh... y no habría quedado con él si *yo* no le hubiese robado a su novio.

—No creerás que todo esto es culpa tuya, ¿verdad? —le preguntó Damen con delicadeza.

Era muy amable de su parte decir eso, pero *¿cómo* no iba a echarse la culpa?, pensó Scarlet.

Petula estaba a un paso de morir y probablemente había un millón de razones médicas para que así fuera, pero para Scarlet la única causa relevante era su propio egoísmo. Puede que los médicos no la encontraran en el *Manual Merck,* pero la razón era ella.

Damen se acercó a Petula, cogió su mano inerte y la sostuvo en la suya. A Scarlet le dolía verle allí de pie, tan preocupado. Damen estiró la sábana azul y paseó la mirada por todas las máquinas. Luego retiró el pelo de la cara de Petula, con delicadeza, igual que había hecho con el suyo. Scarlet quiso levantarse y salir de allí, pero no lo hizo. Petula y Damen tenían una historia juntos y eso no se podía cambiar. Si no se preocupaba por ella, ¿qué iban a pensar de él como persona?, pensó Scarlet.

—Vas a ver como sale de ésta —le dijo Damen a Scarlet tratando de tranquilizarla, pero le temblaba la voz.

—No sé —suspiró.

—¿Y qué dicen los médicos? ¿Son buenos? —preguntó Damen a la vez que luchaba contra unas ganas irrefrenables de llorar.

—No se puede hacer nada más por ella —dijo Scarlet, aguantándose también las ganas de llorar; no sólo por Petula sino también por ella—. Hay que esperar.

Damen volvió a mirar a Petula y empezó a rememorar el tiempo que habían pasado juntos. Lo intentó todo para despertarla, como dicen que se debe hacer cuando alguien está en coma. A Scarlet, que escuchaba allí sentada, sus recuerdos le resultaron demasiado recientes. Demasiado vivos.

—Ah, ¿y te acuerdas cuando dijiste que preferías estar muerta antes que tener el pelo encrespado? —preguntaba desesperadamente Damen, tratando de que ella recuperara el conocimiento—. Pues que sepas que está empezando a encresparse.

Scarlet superó los celos durante un instante ante aquella demostración de sincera conmiseración, que era lo que más le gustaba de él.

—Despierta, Petula. Te necesito… —hizo una pausa—… despierta.

Scarlet no podía soportar continuar allí y ser testigo de un segundo más de aquel momento de intimidad. Ya fuese por deferencia o por puro egoísmo, daba igual. Necesitaba hacer algo para recuperar a Petula. Para que todo volviera a ser tan anormal y errático como siempre. Si los médicos no podían ayudarla, encontraría otra vía por su cuenta. Acababa de enterarse de cómo hacer una RCP gracias al cartel que había colgado en Identitea, el café de Hawthorne donde trabajaba. Pero Petula parecía estar fuera de su alcance por mucho que ella se esforzara

Y entonces se le ocurrió.

Charlotte.

5

Sonido muerto

No digas poco en muchas palabras
sino mucho en unas pocas.
—Pitágoras

Si no se te ocurre nada agradable que decir, miente.

Las palabras no sólo sirven para expresar las emociones, también ayudan a distanciarnos de éstas. Pueden ser una valiosa red de seguridad, que protege el corazón de una excesiva exposición, que parcela los verdaderos sentimientos en sílabas forjadas concienzudamente y no en efusiva sinceridad. También pueden ser malinterpretadas, infligiendo heridas al formular en la mente del otro una falsa impresión. A veces, hay cosas que es mejor callarse.

Charlotte salió de su cubículo en la plataforma, recorrió el pasillo hasta el puesto de Pam y se excusó por su salida de tono del día antes, pero Pam estaba habla que te habla con Dios sabe quién y despachó a Charlotte con un gesto de la mano. Entonces se dirigió a Call Me Kim, que parloteaba como siempre. Esto sí que era el paraíso para Kim, que lucía permanentemente en la cara la marca roja y redonda del auricular. Justo cuando arrastraba los pies de regreso a su puesto, Charlotte creyó oír el timbre de *su* teléfono.

—Ay Dios, ay Dios, ay Dios —Charlotte se detuvo y gritó, paralizada allí mismo ante la perspectiva de recibir su primera llamada.

De pronto, el nivel de excitación en toda la sala se elevó también, todos los becarios asomaban sus cabezas por encima de los muretes de sus cubículos, echándose miradas de alivio y urgiendo a Charlotte a que se apresurara y atendiera el teléfono.

—¡Las Campanas del Infierno! —chilló Metal Mike, dejando patente su fijación con AC/DC.

—Descolgado[4] —vociferó DJ recibiendo risas de apoyo de Jerry y Bud.

Charlotte no se había sentido tan especial desde el Baile de Otoño, y el hecho de que todo aquel alboroto se debiera a una estúpida llamada de teléfono constituía una prueba irrefutable de lo mucho que habían cambiado las cosas. Su indecisión la demoró lo suficiente para que Maddy, cuyo puesto era el más cercano al cubículo de Charlotte, levantara el auricular antes del tercer timbrazo.

—Hola —contestó Maddy con dulzura, pero su expresión se tornó seria rápidamente.

Charlotte llegó un segundo después, ansiosa por contestar la llamada.

—¿Es para mí? —susurró muy excitada, dando saltitos sobre las puntas de los pies.

Maddy no respondió y Charlotte no quiso interrumpirla por respeto al interlocutor y a fin de no distraerla. Nunca había visto a Maddy con aquella expresión, tan reconcentrada y seria.

—¿Maddy? —preguntó Charlotte con creciente impaciencia.

Maddy extendió el dedo índice con brusquedad y le dio la espalda a Charlotte, un gesto universalmente interpretado como «espera un momento» o tal vez «esto es más importante que lo que tengas que preguntarme».

—Eso podría funcionar —animó Maddy a quienquiera que fuese.

---

[4] En inglés, *Off the Hook* hace referencia al título de una canción de The Rolling Stones. *(N. de la T.)*

Charlotte apenas podía oír lo que decía, a lo que se sumaba el hecho de que Maddy estaba atajando la conversación a toda prisa.

Maddy colgó el auricular.

—¿Quién era? —preguntó Charlotte ansiosamente—. ¿Qué querían?

—Si hubieses estado aquí lo sabrías —sentenció Maddy—. Menos mal que estaba yo para cubrirte.

—Pues, gracias —dijo Charlotte tímidamente, sintiéndose más humillada que nunca.

—Te está bien merecido, Usher —intervino el señor Markov—. Estas llamadas pueden ser cuestión de vida o muerte para alguien.

Charlotte frunció el entrecejo y levantó la vista hacia la videocámara de su cubículo. Maddy sonrió y levantó la vista hacia la que estaba instalada encima de ella. Pam, Prue y Suzy sacudieron la cabeza sin acabar de creérselo y se hicieron señales para reunirse en la sala de descanso. Charlotte las vio escabullirse de sus cubículos, pero no se unió a ellas.

—Qué cosa más rara —dijo Pam, completamente inmersa en el cotilleo de las becarias, sin Charlotte—. ¿Por qué ha tenido Maddy que responder a la llamada de Charlotte?

—Sí, sabía lo desesperada que está por recibir una —coincidió Prue.

—A lo mejor sólo intentaba echarle un cable —intervino Violet mientras Prue ponía los ojos en blanco sin dar crédito a lo que oía.

—Me gustabas más cuando eras muda —le espetó Prue.

—Lo que os pasa es que estáis celosas de que Charlotte esté intimando con Maddy —añadió CoCo, tratando de meter cizaña, como siempre.

—Pero ¿qué pasa, tías, no estábamos ya a otro nivel? —medió Suzy Scratcher—. Todo esto es tan… de la otra vida.

—Todo el mundo necesita sentirse necesitado, apreciado… querido —ronroneó Simone...

... mientras Simon revalidaba sus palabras sacudiendo su negra pelambrera:

—Charlotte se siente sola.

—Mira quién habla: ¡los que se peleaban por ser más *emo* que el otro! —espetó Prue.

—Vamos a ver, ¿es que no podemos conseguirle una llamada y ya está? —sugirió Pam, coincidiendo con los trágicos gemelos.

—No se puede falsear una llamada —respondió Prue con un ladrido, sintiéndose frustrada—. ¡No puedes ir por ahí y solicitar adolescentes con problemas!

—Me parece que habrá que confiar en que es así como se supone que funciona esto —terció Abigail. Que Abigail interviniese así era raro. Había perdido toda la confianza en sí misma tras sufrir un «ahogamiento seco» en sus propias lágrimas después de que su novio la dejara tras pasar un día en la piscina, que acabó con su vida y, con ésta, con toda su autoestima.

—Del dicho al hecho hay mucho trecho —dijo Silent Violet lanzando un guiño alentador a Abigail mientras las chicas asentían, rompían el corrillo y regresaban a sus cubículos.

—¿Por qué no nos vamos a casa y echamos allí el resto de la tarde? —dijo Maddy—. Ya sabes, una velada sólo para chicas.

Charlotte sonrió: tenía más ganas que nunca de huir del mar de teléfonos después de otro largo y anodino día sin llamadas.

—No sé, se supone que no podemos salir antes de tiempo —señaló Charlotte, apuntando hacia las videocámaras que pendían sobre sus mesas—. Y teniendo en cuenta la de veces que hemos llegado tarde…

—No te preocupes —la apremió Maddy—. Tampoco es que vayas a perderte nada, ¿no?

—Será más divertido que quedarme aquí sentada sin hacer nada, supongo —concluyó Charlotte.

Habló en voz bien alta para que todos supieran que se iba. Pam y Prue abandonaron momentáneamente sus respectivas llamadas e intercambiaron una mirada, pero fue la única reacción que consiguió Charlotte. Mike estaba demasiado ocupado intimidando a algún pobre interlocutor y haciendo molinillos en el aire con un micrófono imaginario:

—Tú no deseas morir antes de hacerte viejo —atajó Mike—. Hazme caso colega.

Jerry conversaba muy concentrado y se mordía las uñas. Cuando ella y Maddy pasaban junto a él, Jerry le levantó un instante los dos dedos en señal de paz. Charlotte apreció aquel gesto de despedida como todo un detalle por su parte.

—¿Paz? —preguntó Maddy insidiosamente—. Qué patético.

—Oh, Jerry es un pedazo de pan —dijo Charlotte—. No juzga a nada ni a nadie.

—Mejor para él —dijo Maddy, mientras le contemplaba escupir el último fragmento de uña que había estado masticando y le daba un codazo a Charlotte para que saliera delante de ella.

Atravesaron el patio de cemento hasta el edificio de apartamentos, saludaron con la cabeza al portero y se dirigieron a los ascensores. Justo delante de ellas había un grupo de chicos y chicas más o menos de su misma edad, quienes, a decir por su aspecto, no parecían demasiado contentos ni amistosos. No alborotaban como los otros chavales, más pequeños. Es más, apenas si se dignaron mirar a Charlotte y Maddy.

Se iluminó la flecha de bajada y las puertas se abrieron. Todos salvo Charlotte y Maddy entraron en el ascensor. El grupo dio media vuelta y dirigió una mirada vacía en dirección a las dos chicas.

Charlotte también los miró. Tenían todos una expresión triste y desamparada, y se sintió mal por ellos.

—Supongo que no hay suficientes habitaciones para todos en las plantas superiores —le susurró a Maddy, convencida de que sus problemas se debían a la disponibilidad de plazas.

—Me parece que no —dijo Maddy.

Mientras las puertas se cerraban, Charlotte contempló cómo los pasajeros hundían la cabeza.

El ascensor que subía llegó escasos segundos después, y Maddy y Charlotte entraron y pulsaron el botón de la decimoséptima planta. Se quitaron los zapatos y se pusieron cómodas.

—Bueno, no me has contado todavía cómo fue que acabaste aquí —preguntó Maddy, un tanto abruptamente, con un repentino interés por el pasado de Charlotte.

«Por fin», pensó ella muy contenta. Al fin alguien interesado en su persona, deseoso de escuchar su historia.

—Pues resulta que estaba enamorada de un chico, o al menos eso creía —dijo Charlotte—. Era tan guapo. Tan fuerte y ocurrente y divertido. Impresionante, pero si lo sabía, no presumía de ello.

—¿Cómo se llamaba? —la urgió Maddy.

—Damen —dijo Charlotte, liberando su nombre como si hubiese estado encerrado en un viejo baúl por seguridad.

—Ya —respondió Maddy, que era todo oídos.

—Morí porque estaba demasiado ocupada centrándome en él y su perfectísima novia… —empezó Charlotte.

—Petula —dijo Maddy, interrumpiéndola.

—¿Y cómo es que sabes su nombre? —dijo Charlotte muy extrañada.

—Oh, todo el mundo la conoce.

—¿Todo el mundo? —insistió Charlotte, pero enseguida lo dejó pasar, concluyendo que tampoco era tan raro que Petula fuera tan conocida en la Otra Vida como en la Vida normal y corriente—. Bueno, el caso es que acabé atragantándome mortalmente… —Charlotte hizo una pausa, abochornada por tener que repetir la historia otra vez.

—… con un osito de goma —añadió Maddy completando sus palabras, para sorpresa de Charlotte—. Tu reputación te precede.

—¿En serio? —exclamó Charlotte agradablemente sorprendida, a la vez que experimentaba el renovado deseo de que se hablase de ella, de disfrutar de cierta notoriedad—. Total, que me hice amiga de la hermana de Petula…

—¿Cómo se llamaba? —preguntó Maddy, que quería agilizar la conversación y evitar que Charlotte se fuera por las ramas.

—Scarlet —respondió, el afecto en su voz era evidente.

—Háblame más de ella —rogó Maddy—. ¿Cómo era?

—Scarlet es la mejor amiga que jamás podrías desear —Charlotte estaba pletórica.

—Ya veo, igual que las otras becarias de la oficina, entonces —dijo Maddy con cierta sorna.

—No —dijo Charlotte, sus ojos bailando de un lado a otro mientras continuaba pensando en voz alta—. Scarlet es diferente. Haría lo que fuese por ella, y sé que ella haría otro tanto por mí.

—¿Lo que fuese? —preguntó Maddy.

—Lo que fuese —sentenció Charlotte, mirando fijamente a los ojos de su compañera de cuarto quizá por primera vez.

En los momentos difíciles, Wendy Anderson y Wendy Thomas hacían lo que solían hacer para no perder los ánimos: salían de compras y se arreglaban el pelo. Y también las uñas. Es más, regresaron al escenario del crimen, al mismo lugar al que había ido Petula, donde se produjo la tragedia. Admiraron y envidiaron secretamente el altar provisional de flores, tarjetas, notas y globos apilados en el exterior del salón, por no hablar del gran número de chicas que acudían en oleadas para hacerse las uñas en un bienintencionado gesto de solidaridad porque pensaban que, de no hacerlo, ganaría el estafilococo.

Las Wendys necesitaban prepararse para lo peor, y si se confirmaba lo peor para Petula, entonces su aspecto debía ser inmejorable. Después de hacerse las uñas y fingir un frágil estado emocional, se dirigieron a Curl Up & Dye, la peluquería más cara de la ciudad, donde indicaron a las estilistas que se inspiraran en dos de los funerales más chic del siglo veinte.

—Creo que voy a ir de luto vintage —decidió Wendy Anderson, experimentando con puntas rizadas fijadas con laca y un sombrerito tipo azafata—. Estilo Jackie O, fase asesinato.

—Sí, el estilo duelo primera dama es todo un clásico del buen gusto, pero yo estoy pensando en algo más natural, sin tanta historia. Más a lo Priscilla Presley fase Elvis-muriendo-en-el-aseo —pió Wendy Thomas—. Tal vez estilo Courtney fase suicidio-vestido-sucio-baby-doll-medias-de-rejilla, pero no sé. ¿A lo mejor no es el tono más adecuado?

—Lo que fue bueno para el Rey… —empezó Wendy Anderson.

—… será bueno para la reina —corroboró Wendy Thomas, y volvió a ocuparse de admirar su reflejo.

No había nadie en la ciudad que no sintiera curiosidad por el estado de Petula, sin embargo era la primera vez que a alguien se le presentaba la oportunidad de preguntar sobre el asunto a una de sus confidentes. No es que quisiera entrometerse, pero la oportunidad la pintan calva y la estilista no se pudo resistir.

—¿Cómo tiene los pies? —preguntó una de las peluqueras de Wendy con muy poco tacto.

—Los pies nunca fueron su mayor atractivo —respondió Wendy Anderson, malinterpretando la pregunta—. Y menos ahora, con esa horrible hinchazón y la mortífera infección del dedo gordo surcando su corriente sanguínea.

—No, me refiero a si se le han deformado… —dijo la peluquera arqueando hacia arriba uno de los mechones de

Wendy— con esta forma, como ocurre con las personas que se están muriendo.

—Oh, no. No creo —respondió Wendy Thomas—. Pero, claro, es que sus pies siempre han tenido forma de punta por culpa del maldito segundo dedo.

—Estaba pensando en corregírselo antes de esta calamidad, pero ahora… —la informó Wendy Anderson, con los ojos acuosos.

No se podría decir a ciencia cierta si le afloraban las lágrimas por Petula, por su segundo metatarso o si sólo practicaba para el gran evento.

—Qué mejor momento que éste para reducírselo —dijo Wendy Thomas como quien no quiere la cosa—. Está completamente desconectada, y sus talones encajarían taaaaaan bien si la ponen en un ataúd abierto.

—Bien pensado, Wendy —dijo Wendy Anderson—. Lo comentaré. ¿Quién crees que tendrá el poder de consentimiento?

Las peluqueras se quedaron mudas de asombro. Ni siquiera pudieron abrir la boca para hacer restallar el chicle insípido que estaban masticando. Ambas remataron su trabajo, echaron mano de las pinzas y empezaron a depilar las cejas de las Wendys.

—Oye, ¿puedo llevarme una de esas pinzas? —preguntó Wendy Thomas—. Es que las tres hicimos el pacto de que si algún día una de nosotras se volvía un vegetal, las otras le depilarían los pelos feos de la cara.

El comentario le llegó al alma y le tendió a Wendy unas pinzas de sobra. Eran las típicas pinzas de acero inoxidable, no de las rosas esmaltadas de última moda que estaba usando con las Wendys.

Mientras se dejaban esculpir las cejas en un arco perfecto, las Wendys observaban cómo crecía el altar conmemorativo al otro lado de la calle. No tardaría en ser imposible de ignorar. A Petula le habría encantado, y eso era una garantía para que las Wendys, cómo no, lo odiasen. La peluquera desvió la mirada distraídamente hacia allí durante un segundo y perdió el equilibrio.

—¡Ay! —gritó Wendy Anderson, apartando la mano de la esteticista de un manotazo—. ¡Me has pellizcado un folículo!

Wendy Thomas se vio venir un coma y le entró el pánico.

—¿Es que no sabes que estas cosas siempre suceden de tres en tres? —bramó.

Y así, Jackie-dos y Priscilla-sin recogieron sus cosas a toda prisa y corrieron hacia la puerta como alma que lleva el diablo.

[illegible] con la [illegible]

[illegible]

[illegible] Wendy [illegible] de la clase. La [illegible]

[illegible]

—[illegible] Wendy [illegible] la mano de la [illegible]

[illegible] de mi [illegible]. —[illegible]

Wendy [illegible]

[illegible] que no sabía [illegible]

[illegible]

[illegible]

6

Novia en coma

Ahora puedo ver cómo todo
se hace pedazos ante mis ojos.
—Ian Curtis

No se puede tener todo.

De ahí los celos, que tampoco es que sean algo tan terrible. Los celos son una suerte de vara medidora que evalúa la temperatura de las personas, de sus deseos, sus necesidades o sus relaciones personales. Un barómetro de satisfacción personal. La cuestión es si esos celos motivan o, por el contrario, paralizan. En algunas personas, obran ambas cosas.

No puedo quedarme mirándola en este estado y no hacer nada —dijo Scarlet, llegando finalmente al límite de lo que podía soportar.

—Lo sé —trató de reconfortarla Damen.

—No, en serio, no *pienso* quedarme sentada sin hacer nada —dijo Scarlet, rechazando su compasión.

—Tal vez deberías irte a casa y descansar un poco —dijo Damen con dulzura, intuyendo que ella estaba a punto de perder los nervios—. Yo me quedaré.

—No me digas —mascculló Scarlet.

—Pero ¿qué pasa contigo? —preguntó Damen.

—Estos médicos no están haciendo nada de nada —dijo Scarlet, tan frustrada como celosa—. Pero he estado pensando…

—Oh-oh —dijo Damen, reaccionando a la expresión de seriedad en el rostro de Scarlet.

—Puede que conozca la forma de ayudarla —dijo—. Es más, quizá *yo* sea la única persona que pueda.

—¿Y cómo te propones hacerlo? —a Damen le ponía nervioso pensar en lo que Scarlet pudiera tener en mente—. Cuenta con los mejores médicos, especialistas y enfermeras, que hacen cuanto está en sus manos.

Scarlet se lo expuso a Damen.

—Si Petula no está aquí, ¿dónde está entonces? —preguntó.

—Pero sí que está aquí —Damen señaló la cama, tratando a Scarlet como si fuera una niña, o una lunática.

—No me refiero a su cuerpo, eso no es más que un caparazón —le amonestó Scarlet—. Su mente. Su alma. *Petula.*

Damen encogió los hombros, no del todo seguro de adónde quería ir ella a parar.

—Mira, ya sé que *alma* es una palabra que ninguno hemos utilizado jamás en la misma oración que *Petula* —reconoció Scarlet—, pero hasta ella tiene una.

—Está bien —contestó Damen con parsimonia y por decir algo.

—Bueno, entonces en algún sitio tendrá que estar, ¿no? —preguntó Scarlet.

—Eso son palabras mayores —contestó Damen, que seguía sin saber muy bien a qué apuntaba ella con todo aquello—. Y la cosa es que no llevo encima el libro de texto de Introducción a la Filosofía, así que...

—No seas tan cerrado —dijo Scarlet secamente—. Tú estabas allí el día del Baile de Otoño.

—Sí, y... —replicó Damen con incredulidad.

—Existe toda otra realidad de la que no sabemos nada —le recordó Scarlet—. Bueno, más bien, de la que algunos no sabemos nada, diría yo.

Y con ésas, se giró dándole la espalda a Damen y se cruzó de brazos, enfurruñada.

Damen la cogió de los hombros y la obligó a darse la vuelta empleando más fuerza de la que jamás Scarlet había sentido que emplease con ella.

—No sé qué pasó entonces —dijo Damen, que a todas luces había borrado de su mente buena parte de lo sucedido aquella noche—. Pero fuera lo que fuese, se debió al azar. Algo que sólo ocurre una vez en la vida.

—¿Y si su espíritu está ya al otro lado y no es más que cuestión de tiempo que muera y su alma se separe por completo de su cuerpo? ¡Puede que hasta para acabar en el infierno, qué sé yo!

—Scarlet… —dijo Damen con voz suave.

—¿Y si ha entrado en un círculo vicioso? ¡Y si está esperando a que comprueben su nombre en una maldita lista, y nosotros aquí sin hacer nada mientras hacen leña con ella!

—Scarlet, necesitas tranquilizarte —dijo Damen, ahora con más contundencia.

—¿Y tú qué sabes lo que yo necesito? —le espetó Scarlet, sorprendiéndose a sí misma con lo que acababa de soltar por la boca.

Damen se preocupó. Aquellos cambios de humor no eran propios de ella y empezaba a pensar que tal vez estuviera al borde de un ataque de nervios.

—Lo siento —dijo Scarlet muy seria—. Sólo quiero ayudar a Petula. Que sepamos, bien podría estar condenada.

Lo de Scarlet no era sólo teatro, pero tampoco estaba siendo honesta del todo, ni con Damen ni consigo misma. Ambos sabían que la vida de Petula no es que hubiese sido ejemplar que digamos y que las probabilidades de que la esperase un final feliz en la Otra Vida eran cuando menos escasas. Pero el desasosiego de Scarlet no se debía tanto a las deficiencias espirituales de Petula cuanto a su propio sentimiento de culpabilidad.

En su mente, ella le había arrebatado a Damen. Y hasta cierto punto la hacía sentirse bien eso de ser ella la que ganase por una vez y que Petula se llevara las sobras. Pero la idea de no poder ya nunca arreglar las cosas entre ambas, pedir perdón, aun cuando en realidad no se arrepintiera de ello, antes de que Petula se fuese directa al infierno en un bolso extragrande, era insoportable.

—Eso no lo sabemos —la animó Damen.

—No, claro que no, pero conozco a alguien que es probable que sí lo sepa —dijo Scarlet, en parte esperanzada y en parte aterrada.

—Deja que adivine —dijo Damen, reuniendo por fin las piezas del rompecabezas—. ¿Charlotte?

Scarlet guardó silencio.

—¿Y cómo vas a contactar con Charlotte? —preguntó Damen con escepticismo—. Ella… se ha ido.

—La voy a encontrar.

—No vas a ponerte a hablar en lenguas, ¿verdad?

—Hablo en serio —dijo Scarlet sobriamente—. Voy a pasar al otro lado, Damen.

—¡No puedo permitir que hagas eso! ¿Y si no regresas?

—Pienso hacerlo —dijo Scarlet con firmeza.

—¿Y si se despierta Petula? —preguntó Damen, tratando aún de convencerla para que esperase a ver cómo se desarrollaban los acontecimientos—. ¡Puede pasar de un momento a otro!

—«Y si» no es «lo que es» —sentenció Scarlet.

Damen percibió en su expresión una calma y resignación repentinas, la clase de gesto que se ve en los rostros de esos santos martirizados que decoran las velas votivas de los supermercados.

—Puedo encontrar a Charlotte —razonó Scarlet—. Tal vez ella pueda ayudarme a encontrar a Petula. Y entonces podremos salvarla.

Damen la estrechó entre sus brazos y le susurró al oído:

—¿Y qué hay de ti? ¿Quién te va a salvar a ti?

—Oh, Romeo —dijo Scarlet, intentando animar la cosa.

A Damen le reconfortó un poco saber que su sentido del humor, no así su cordura, seguía intacto.

—Scarlet, hablo en serio —dijo con severidad—. Ya sé que crees que sabes lo que estás haciendo…

—Damen, ya he estado allí antes. Si está en mi mano ayudar a Petula y no lo hago, no podré vivir con ello.

A pesar de su extrema sensatez, Damen supo que ella tenía razón. Y supo además que ya no había forma humana de detenerla. Conocía aquella mirada. La decisión estaba tomada.

Se miraron a los ojos como si aquélla pudiera ser la última vez que lo hacían. Él vio determinación en los ojos de ella, y en los de él, ella vio respeto… y temor.

—Ella haría lo mismo por mí —dijo Scarlet con sarcasmo, por si así le robaba una sonrisa.

Ambos se echaron a reír, unidos por el egoísmo de Petula, que ahora, por extraño que fuera, tanto echaban de menos.

—Sólo hay dos problemas —dijo Damen—: Primero, ¿cómo vas a llegar hasta allí? Y segundo, ¿qué pasará con tu cuerpo si tu espíritu se divide en dos?

—Detalles, detalles —se burló Scarlet.

Luego se quedó callada, perdida en sus pensamientos por un segundo, mientras caía en la cuenta de que en ningún momento había sopesado las consecuencias de lo que estaba a punto de hacer. Sin su alma, era más que probable que su cuerpo acabase como el de Petula, o puede que peor incluso.

—Bueno, ya sabes lo que dicen, que el diablo está en los detalles.

—¿Es que no me conoces? —preguntó Scarlet—. Me importa bien poco lo que diga la gente.

El armario era diminuto, ni mucho menos un armario ropero grande, que es en lo que Petula habría insistido que fuera, de haber estado consciente. Estaba atestado de toallas dobladas, mantas, guantes de látex, camisones abiertos por la espalda, cuñas, vaselina, pomadas de antibiótico triple, vendas y calzas de quirófano. Apenas había espacio para almacenar el material del hospital, y menos aún para dar cabida a Damen y Scarlet. Pero era la única habitación privada disponible.

A él le hubiese gustado mucho más colarse en un baño para darse una rápida sesión de achuchones, pero el romanticismo era en lo último en lo que podía pensar ahora, bueno, casi en lo último. Al fin y al cabo era un tío.

—No te preocupes —susurró Scarlet con un tono muy convincente—. Sé lo que me hago.

—¿En serio? —contestó Damen con un sarcástico susurro—. ¿Y qué vas a hacer, chocar los talones de tus Doc Martens tres veces o algo así? —nunca hasta entonces se había mostrado tan frágil e indefenso ante ella—. Si algo saliera mal...

—¿Qué? —replicó Scarlet esperanzada, rompiendo su concentración por un instante nada más, y dándole pie a declararle su amor imperecedero.

Damen *quería* decir que la quería, que no podía vivir sin ella, pero de ningún modo podía ponerse en plan *Casablanca* con ella. Sería demasiado sensiblero, demasiado definitivo.

—¿Qué voy a decirle a tu madre? —le preguntó, en cambio, abrazándola fuerte.

—Dile que volveré —contestó Scarlet, tratando al mismo tiempo de convencerse a sí misma de que así sería.

—¿Prometido?

Aquéllas no eran exactamente las palabras que esperaba escuchar, pero lo dicho dicho estaba. A Scarlet empezaban a flojearle las piernas y quería empezar con el conjuro antes de que el sentido común se apoderara de ella.

—¿Podrías, esto, esperar fuera? —le pidió Scarlet a Damen como disculpándose.

—Claro —accedió él nervioso—. Estaré aquí mismo.

Damen cerró la puerta y la sala se quedó a oscuras. Scarlet cerró los ojos y empezó a hipnotizarse convenciéndose de que estaba con Charlotte. Pensó en su primer encuentro, recordando cada detalle: los vasos de precipitados, el polvo de tiza, Charlotte, el tacto de sus frágiles manos mientras recitaba el encantamiento con la respiración entrecortada. Y enseguida se encontró allí. En ese lugar, en ese preciso momento.

Le asustó un poco, pero sentir la presencia de Charlotte tan vívidamente la calmó.

—Tú y yo, nuestras almas son tres —dijo entusiasmada.

Aguardó un instante —o así de deprisa le pareció que fue— y escuchó una voz, reverberando débilmente en la distancia.

—Yo y tú, nuestras almas son dos —susurró en un tono muy familiar.

—Somos yo —terminó Scarlet, y sus ojos se abrieron tanto como su boca.

Damen la oyó golpearse contra las estanterías, se precipitó al interior del almacén y llegó a tiempo de cogerla antes de que se golpeara contra el suelo. Tenía los ojos en blanco, apenas respiraba y su piel estaba húmeda y fría. Era como si alguien acabase de desconectarla de la corriente.

Damen abrió rápidamente la puerta de un empujón y gritó pidiendo auxilio como si a Scarlet le fuese la vida en ello. Y es que, en más de un sentido, así era.

7

Imitación de la vida

**Somos lo que pretendemos ser,
de modo que hay que ser cuidadoso
con lo que se pretende ser.
—Kurt Vonnegut**

Es propio del amor y la muerte distorsionar las cosas.

Cuando te enamoras, ves el mundo a través de unas gafas de color de rosa. Cuando mueres, es a ti a quien miran a través de ellas. En el amor y en la muerte, los defectos se pasan por alto o se perdonan. Te transformas, convertido en un personaje de la película biográfica en la que los demás han decidido plasmar tu vida.

Petula despertó lentamente. Creyó haber oído una voz masculina que la llamaba, pero al abrir los ojos estaba completamente sola. Su cabeza descansaba sobre una almohada y se llevó la mano a la cara, para comprobar si la grava había dejado su impronta en la mejilla. Era lo último que recordaba antes de haberse quedado dormida. Esperaba, si Dios quiere, no tener que lidiar con un montón de feas marcas justo antes del Baile de Bienvenida, sobre todo después del dineral invertido en tratamientos semanales de dermabrasión y rellenadores de colágeno. Medio atontada todavía, guiñó los ojos varias veces para sacarse el sueño, bajó la mirada y pasó a evaluarse como hacía a diario, sólo para comprobar que continuaba con el mismo cuerpazo que el día anterior.

No reconoció el fino blusón de polialgodón que la arrebujaba, pero no le sentaba nada mal. Realzaba los mejores rasgos de su cuerpo, en particular el culo, que quedaba prácticamente al aire. En lo que la gente no se fijaba, principalmente debido a la belleza de su rostro y a la perfección de sus pechos, que atraían los ojos hacia arriba, era en que era corta de tronco. Pero aquella graciosa prenda que llevaba tapaba ese contratiempo anatómico menor y remarcaba lo que tenía que remarcar: sus piernas, que se prolongaban vertiginosamente —hasta los pies, claro—. Sus pies. La fuente del drama del día anterior de pronto arrasó sus pensamientos.

—Zorra —dijo, guiñando los ojos durante un segundo para fijar la vista en los dedos de sus pies y la pedicura inacabada.

Tras dedicar este pequeño improperio a la técnica de uñas, Petula se despertó del todo, o lo suficiente, al menos, para caer en la cuenta de que no estaba en su cama. Ni en casa, ya puestos. Se incorporó, miró a su alrededor y descolgó las piernas por el lateral de la cama, que ahora pudo reconocer como una cama de hospital gracias a su voluntariado-obligatorio en un geriátrico.

—¿Qué hice o *con quién* me lo hice anoche? —se preguntó, más con curiosidad que con temor.

No pudo recordar mucho de la cita con Josh, pero lo poco que sí recordaba no merecía el gasto de neuronas que le había costado traerlo a la memoria. Se acordó, de pronto, de que se había mareado y vomitado. Sobrecogida ante tan inapropiado comportamiento en público, se autoconvenció de que él debía de haberle puesto alguna clase de droga para violaciones.

«Pervertido», pensó.

Se acercó al borde de la cama, hasta que sus pies tocaron el suelo, y al hacerlo sintió un pinchazo. No es que se le pudiera llamar dolor, exactamente, pero sí era lo bastante desagradable como para notarlo. Cojeando un poco, cruzó la habitación vacía hasta la puerta y salió al pasillo.

—¿Hay alguien? —gritó Petula, y el eco de su voz resonó levemente desde el fondo del pasillo—. ¿Eo? ¿Eo? ¡Eo!

Por último, llamó —*¿Hola*[5]*?*— con cierto desprecio. No hubo respuesta.

Se acercó renqueando al control de enfermeras, el cual encontró también desierto.

—¡No cabe duda de que este país necesita una reforma del sistema sanitario! —gruñó.

Pasillo adelante vio una fría luz blanca que salía de una oficina.

—Gracias a Dios —dijo Petula aliviada, y se encaminó hacia el resplandor.

Al llegar a la altura de la puerta trató de mirar al interior, pero la luz brotaba desde la oficina al pasillo en penumbra con tal intensidad que le dañaba la vista. Molesta pero sin darse por vencida, Petula abrió la puerta de un empujón y pasó dentro haciendo alarde de su característico mal humor.

—¿Hola? —llamó Petula con voz repelente—. Vengo a que me den el alta.

Su saludo rebotó contra las paredes, el techo y el suelo. La oficina estaban tan desierta como los pasillos y su habitación de hospital. Pero no es sólo que no hubiera *nadie,* es que tampoco había *nada.* Ni revistas, ni folletos informativos ni documentos administrativos de ninguna clase. El lugar estaba tan desnudo como su trasero, con la salvedad de una mesa con una campanilla, una silla al fondo de la habitación y un banco que recorría la pared lateral bajo las ventanas. En la

[5] En castellano en el original. *(N. de la T.)*

puerta del fondo se podía leer en un cartel SÓLO PERSONAL AUTORIZADO.

—¡Eh! —volvió a gritar, tocando repetidas veces la campanilla de la mesa—. De verdad, hoy no tengo tiempo para esto.

Petula no estaba acostumbrada a esperar ni a que no la atendieran al instante. Dio media vuelta para salir por donde había entrado y reparó en otro cartel que colgaba del pomo de la puerta.

SU TIEMPO ES IMPORTANTE PARA NOSOTROS, leyó. SI NO HA SIDO ATENDIDO EN — MINUTOS, ROGAMOS LO NOTIFIQUE EN RECEPCIÓN.

El número de minutos que debía esperar no aparecía especificado en una de esas pequeñas esferas de reloj con manillas de plástico. No obstante, la reconfortó saber que alguien atendía la sala y que más pronto que tarde podría reanudar su agenda del día.

«Buena señal», pensó Petula, que no pretendía hacer un juego de palabras.

Algo más tranquila se dirigió al banco y tomó asiento. Tan pronto su piel entró en contacto con la madera, sintió un ligero escalofrío, por primera vez. Tiró del camisón de hospital hacia abajo cuanto éste daba de sí, cubriéndose las rodillas, por insólito que esto fuera en ella, y cruzó los brazos sobre el pecho para mantener el frío a raya.

—Y luego dicen del calentamiento global —teorizó.

Al cabo de un rato, no obstante, la falta de compañía se tornó en un tema mucho más apremiante que el frío. La soledad, por breve que ésta fuera, no le sentaba bien a Petula, y ella se conocía lo suficiente como para estar al tanto. No es que fuese muy dada a la introspección ni en el mejor de los momentos, y el de ahora no lo era ni mucho menos.

A pesar del rotundo desdén que manifestaba hacia el público en general, Petula necesitaba a la gente más de lo que jamás se hubiera atrevido a reconocer. No es que se desviviera por interactuar con las personas, por dar algo de sí misma. Necesitaba su atención, su idolatría, su odio y su envidia incluso. Las grandes muchedumbres de admiradores sin rostro se contaban entre sus cosas predilectas. Una sonrisa y un saludo mecánicos eran más que suficientes para calmar a su multitud de adoradores.

Petula se llevó la mano a la altura de la cara y, estirando el brazo cuan largo era, examinó su manicura de esmalte transparente, tan expertamente acabada, a diferencia de su trágica pedicura. Reparó en su imagen reflejada en las uñas y decidió emplear ese tiempo de forma constructiva practicando poses. Separó los dedos al máximo para obtener el mayor número posible de ángulos, consiguiendo una perspectiva un tanto distinta de sí misma en cada uno de ellos. No es que fuera el espejo de cuerpo entero de su dormitorio, pero dadas las circunstancias más valía eso que nada.

—Instantánea glamour —dijo volviendo con brusquedad el perfil hacia su mano extendida, a la vez que apoyaba la otra mano firmemente en la cintura, con el codo doblado hacia fuera—. Instantánea reacción —se llevó una mano a la mejilla, redondeó los labios y arrojó una expresión de sorprendida inocencia que parecía decir «¿quién?, ¿yo?».

Llegó a practicar incluso la pose modesta y lacrimógena que requeriría, sin duda, su más que cantada coronación como reina del Baile de Bienvenida. Después de la humillación que había tenido que soportar el año previo en el Baile de Otoño, esa coronación, delante de todo el instituto, sería una dulce venganza. Una vuelta a las formas. Prueba de que las cosas estaban donde debían estar. El Baile de Otoño era todo un evento, desde luego, pero ¡éste era el Baile de Bienvenida! El recuerdo de la pequeña «crisis psicótica» que sufriera entonces pasaría a la historia tan pronto colocaran la corona sobre su dorada cabellera, que era el lugar que le correspondía, al menos según ella.

—Lo que no mata… —filosofó golpeando el pie contra el suelo para mayor efecto—. ¡Ayyyyyyy!

El dolor ascendió por su pierna antes de que pudiera rematar su sentencia estimulante. La sacó de su sesión fotográfica y coronación imaginarias y la devolvió a una realidad decididamente menos glamurosa. Ahora notó también que el ambiente era cada vez más frío, y empezó a removerse en su asiento con impaciencia.

Justo en ese momento, la puerta principal de la oficina se entreabrió muy despacio.

—Joder, ya era hora —vociferó Petula, sintiéndose más aliviada que nunca por la compañía.

La puerta de la oficina se abrió por completo, pero Petula seguía sin ver quién era el que entraba. Pensó que quienquiera que fuese debía de sufrir algún tipo de discapacidad vertical o algo, porque no se veía la cabeza a través de la ventanilla de la parte superior de la puerta.

—Menuda suerte —se quejó Petula—, voy a tardar siglos en salir de aquí.

Vio entrar una pierna, vacilante. Sin duda pertenecía a una persona bajita. Pero era una niña. Asomó la cabeza con cautela, mirando primero a un lado y luego al otro antes de entrar, tal y como le habrían enseñado que tenía que hacer antes de cruzar la calle.

—¿Dónde estoy? —preguntó la niña, franqueando la entrada del todo y dejando que la puerta se cerrara poco a poco a su espalda.

Viniendo de una persona tan pequeña, pensó Petula, era toda una pregunta, y ella no tenía ni la más remota idea de cómo responderla correctamente por el momento.

—¿Y tú eres…? —preguntó Petula con recelo a la confundida niña.

—Me llamo Virginia Johnson —contestó la niña, igual de recelosa—. ¿Y tú cómo te llamas?

Petula permaneció muda de asombro durante un segundo. Había pasado mucho tiempo desde la última vez que tuvo que presentarse a alguien, pero el momento era tan bueno como cualquier otro para hacer una excepción.

—*Yo* soy Petula Kensington —anunció de forma arrogante, con un tono que uno o dos siglos antes habría garantizado una referencia—. Encantada de conocerme.

Éste era su modus operandi habitual cuando estaba nerviosa. Actúa con superioridad y confianza, y doblegarás a los más débiles, a los más inseguros. El hecho de que empleara esta táctica con una niña no era sino una señal de lo mucho que empezaba a agobiarle todo aquello.

—Deja que adivine —dijo Virginia mirando a Petula de arriba abajo—, eres animadora.

—¿Cómo lo has sabido? —preguntó Petula muy orgullosa.

—Por los humos y… —soltó Virginia, ladeando levemente el cuello para obtener una mejor vista lateral del camisón abierto de Petula—… ese culo gordo.

Petula no se esperaba algo así de una niña de aspecto tan inocente. Su primera reacción fue la de sentirse ofendida y contraatacar, pero en su lugar se paró los pies, se diría que seducida por las agallas de Virginia. La impertinencia de la niña también hizo que se acordara de Scarlet, y de todos aquellos largos viajes en coche que habían compartido juntas en las vacaciones de verano, antes del divorcio.

No había vuelto a acordarse de aquellos tiempos desde hacía mucho. Por entonces se pasaban casi todo el día peleándose, sí, aunque no el día entero. También se divertían juntas. Cantando a todo pulmón hasta quedarse roncas, jugando a veo-veo hasta que les dolían los ojos —porque una y otra encontraban cosas que la otra nunca veía— y valiéndose de la excusa de estar espantando mosquitos para darse tortas sin que las castigasen, juego este que solía acabar en una acalorada «muerte súbita».

Evidentemente, competían en todo, y Petula salía victoriosa casi siempre. Si amanecía con más picaduras, le decía a Scarlet que eso era porque «ni siquiera los mosquitos podían resistirse a sus encantos». Petula era astuta y le gustaba ganar. Scarlet siempre fue la más fuerte de las dos. Nunca se lo había dicho, pero a Petula le maravillaba la capacidad de aguante de su hermana, cómo soportaba las derrotas y, aun así, volvía a por más.

Petula sonrió a la niña que veía en su mente al igual que a la niña que tenía delante de ella.

—¿Te parece gracioso? —la pinchó Virginia.

—¿Qué? —dijo Petula distraídamente antes de recomponerse—. Oh, ah... no, es sólo que me has recordado a alguien, nada más.

Acabadas las compras, las Wendys volvieron al hospital de Petula, se diría que para acompañar a la enferma, o para ser más exactos, rondar a la víctima, y para su sorpresa se encontraron a Scarlet, que yacía igualmente exánime en la cama de al lado. La doctora Patrick estaba en la habitación, haciendo la visita nocturna. Por todas partes había evidencias de la conmoción: el lugar estaba sembrado de tubos, jeringuillas, esparadrapo, gasas y monitores de todo tipo, restos de la batalla del equipo de cardiología por estabilizar a Scarlet. En vez de consternación, las Wendys sólo pudieron sentir desprecio hacia Scarlet.

—¿Es que por fin ha visto la luz y ha intentado suicidarse? —dijo Wendy Anderson con desdén.

—Míralas —dijo Wendy Thomas ante la visión de Scarlet tumbada en una cama junto a Petula—. El botín y la bestia.

—¡Qué poca personalidad! —espetó Wendy Anderson.

—Ya ves —corroboró Wendy Thomas fríamente—, no solo le quita el novio sino que va y también le roba el protagonismo de su coma.

Las dos chicas se volvieron de repente cuando Damen entró en la habitación. Estaba hecho un cromo, arrugado, desaliñado, con los ojos enrojecidos, y parecía cansado y preocupado. Las

Wendys, que nunca le habían perdonado que prefiriera a Scarlet en vez de a Petula —o a alguna de ellas dos ya que estaban—, saborearon la oportunidad de patearle ahora que le veían en horas bajas. Él las ignoró y fue a sentarse entre las dos camas.

—¿Qué diablos ha pasado? —preguntó Wendy Thomas, más furiosa que preocupada.

Damen no se molestó en responder. Sabía que si se dejaba succionar, acabaría atrapado en esa interminable rueda de hámster sin sentido que era el proceso de pensamiento de las Wendys.

—Cabe la posibilidad de que Scarlet haya caído en un coma autoinducido, propiciado por un estrés extremo —dijo la doctora Patrick—. Podría ser psicosomático.

—Yo más bien la llamaría psicópata —agregó Wendy Thomas.

—A veces es difícil soportar ver a la hermana que quieres tumbada ahí, medio muerta —dijo la doctora Patrick.

Wendy Anderson no pudo aguantarse la carcajada, y el Red Bull que se estaba tomando le salió disparado por la nariz. La idea de que Petula pudiera significar tanto para Scarlet era más de lo que sus mentes podían procesar. No obstante, lograron recuperar la compostura cuando la señora K, quien durante todo este tiempo había estado acariciando como ausente el vestido del Baile de Bienvenida de Scarlet, les lanzó una mirada asesina.

En ese preciso instante, saltó la alarma del monitor cardiorrespiratorio de Scarlet, que ahora mostraba claros signos de estar sufriendo alguna clase de crisis aguda.

—Salgan todos —ordenó la doctora Patrick a la vez que pulsaba el botón de aviso para el equipo de reanimación—. ¡Enseguida!

8

De nuevo en tu cabeza

Did I dream you dreamed about me?
—Tim Buckley

(¿Soñé que soñabas conmigo?)

Contra toda esperanza.

Casi toda esperanza es falsa si se para uno a pensar en ello. Significa tener fe en que las cosas saldrán bien cuando todo apunta a lo contrario. Pero ¿qué sería de nosotros sin ella? Es la brújula de la mente y la boya del corazón, aquello a lo que nos aferramos y nos mantiene a flote mientras aguardamos socorro. Sin esperanza, la vida es un sálvese quien pueda, y Charlotte esperaba encontrar la manera de conseguirlo.

Maddy y los demás estaban pegados a sus teléfonos, de modo que Charlotte decidió irse por su cuenta. Al cruzar el patio que separaba el complejo de oficinas de la residencia del campus, observó las vallas que rodeaban los barracones. No había reparado antes en ellas porque por el camino siempre estaba ocupada charlando con Maddy. Le pareció que estaban allí más para delimitar la zona que para impedir la entrada o salida del lugar, lo que por otra parte tenía sentido. Es posible que la gente *se muriese* por entrar, bromeó consigo misma, pero nadie tenía demasiado interés en averiguar qué había al otro lado.

La liberación se estaba convirtiendo en un concepto cada vez más importante para Charlotte. Últimamente, su existencia se había tornado tan insoportable que había empezado a evocar con cariño su vida —una vida marcada sobre todo por la inseguridad y el aislamiento—. Es más, desde la llamada aquella que no llegó a responder, no podía dejar de pensar en Scarlet, Petula y Damen y lo que pudo haber sido, y en su familia y lo que nunca fue. Más que nada pensaba en lo que nunca sería.

Maddy lo había dicho. Se quedarían en los diecisiete *para siempre.* La idea podía tener su atractivo para las mamis objeto de los *reality shows* que se pasaban la vida entre inyecciones de Botox, liposucciones, implantes y desintoxicaciones para competir en secreto por los novios de sus hijas, pero no para Charlotte, a quien la idea le resultaba cada vez más deprimente. Había hecho todo lo que haría jamás, y si bien esperaba haber dejado su impronta, en pocos años la fotografía académica que adornaba el vestíbulo de Hawthorne empezaría a amarillear y a difuminarse, tanto como el recuerdo de ella. En eso no se hacía ilusiones.

De niña, recordó, paseaba por el cementerio observando las fechas de nacimiento y defunción de todas las lápidas, pensando en la gente que estaba allí enterrada. Hacía la resta y calculaba los años que había vivido cada persona, lo que habían visto y lo que se habían perdido. La electricidad, los vuelos al espacio, los derechos civiles, la televisión por cable, Internet, Starbucks. Algunos maridos habían muerto años antes que sus esposas, y vástagos antes que sus padres. Pero cuando llevas muerto, pongamos, cien años, ¿qué puede importar que tu mujer muriese dos antes que tú? Para el paseante, ambos lleváis muertos mucho, mucho tiempo; indistinguible en la muerte.

Charlotte decidió, no obstante, que *sí* importaba. Esos dos años podían no significar nada en el marco de la historia, pero habían sido importantes para quienes los vivieron. Eran cuanto tuvieron. Que llenaran ese tiempo de felicidad o desdicha resultaba irrelevante. Habían vivido para experimentarlo.

Al final, todos salvo unos pocos, muy pocos, acaban siendo olvidados, y Charlotte arrancaba con tremenda desventaja. Diecisiete años no es que fueran muchos para cimentar un legado, y mucho menos después de haber tenido una vida como la suya. Mientras seguía dándole vueltas en la cabeza a tan sombrío cálculo, se miró la manga y se dio cuenta de lo peor, de lo más horrible que tenía ser eternamente joven: vestiría la misma ropa *para siempre.*

La superficialidad de este pensamiento le recordó a las Wendys, y su deseo de estar viva la sacó de quicio tanto o más que un correo electrónico de una ex amiga.

Charlotte se quitó los zapatos de mala manera tan pronto como entró en el apartamento, tratando de sacudirse el sentimiento de *no-querer-estar-muerta-por-más-tiempo.* Pero el hecho de estar en casa no obró el efecto relajante que esperaba. Era algo más que su antigua vida lo que ahora la atosigaba. Después de todo lo que había hecho por los chicos y chicas de Muertología, de lo mucho que había cambiado como persona, no acababa de entender por qué se seguía sintiendo tan excluida. Tan sola.

Maddy tenía razón, conjeturó, aun cuando no se lo hubiese dicho nunca a las claras. Charlotte volvía a tener un papel secundario, por no decir algo peor. Lo único que recibía ya de ellos eran gestos de lo ocupados que estaban. Sabía que andaban muy liados con todo el rollo ese de volver a reunirse con sus seres queridos y demás, y que las chicas en particular no miraban con buenos ojos su amistad con Maddy, pero ¿a quién tenía sino a ella? Además, al principio Scarlet tampoco es que hubiese sido de la devoción de Prue, recordó Charlotte, y Pam no había tenido reparo en darle la espalda por lo del episodio con la señorita Wacksel. Quizá estaban todos mostrándose tal cual eran, ahora que ya no la necesitaban más.

Charlotte se metió a rastras en su litera y continuó compadeciéndose de sí misma. En ese instante entró Maddy con aspecto acalorado.

—¿Por qué no me has dicho que te ibas? —preguntó con nerviosismo—. Siempre volvemos a casa juntas.

—No quería molestarte.

—Tú nunca molestas, Char —dijo Maddy de manera encantadora—. ¿Qué te ronda por la cabeza?

—Oh, nada.

—Puedes contármelo.

Charlotte permaneció callada un segundo y luego decidió que confiaba lo suficiente en su amistad como para hablar sin tapujos.

—Echo de menos… todo —confesó—. De pronto me siento diferente. Pensaba que había pasado página, que pasaba de ellos, que había cambiado por completo, pero ahora creo que todo eso no ha sido más que un gran autoengaño.

—¿Y eso? —preguntó Maddy, más como lo haría un terapeuta que un amigo.

—Hice lo que se me dijo que tenía que hacer —prosiguió Charlotte—. Tomé las decisiones difíciles que Brain quería que tomase.

—¿Brain? —preguntó Maddy.

—Mi profesor de Muertología —balbuceó Charlotte, a quien parecían haberle dado cuerda—. Hice cuantos sacrificios estaban en mi mano por mis *amigos* —bufó—, para traernos a todos hasta aquí.

—¿Y para qué? ¿De qué te han servido todas esas buenas obras?

—Yo pensaba, esperaba, que, bueno, que las cosas aquí iban a ser muy diferentes para mí —dijo Charlotte con un hilo de voz—. Pero no lo son. Es como si este mundo fuera un Mac y yo un PC.

—¿Qué pasa, que el cielo no es todo lo maravilloso que dicen? ¿Es eso lo que intentas decir?

Ella no se lo había planteado así realmente, pero Maddy había dado en el clavo, otra vez. Nunca había contemplado la idea de que *aquello* fuese *todo.* El cielo no podía ser una plataforma telefónica, ¿no?

Charlotte se pasó un día más sin apartar la vista del teléfono de su mesa, tratando a la vez de abstraerse del parloteo de los demás becarios. Ni siquiera podía escabullirse con la maldita videocámara constantemente fija en ella y el señor Markov paseándose por allí sin cesar como una especie de carcelero sobrenatural. Las llamadas de Kim eran las más fastidiosas y las más difíciles de ignorar.

A ella también le encantaba hablar por teléfono: no iban por ahí los tiros. Lo que pasaba es que Kim estaba tan… segura de sí misma. Tan segura sobre qué estaba bien y qué estaba mal.

Charlotte ya lo había notado en el Baile de Otoño, justo antes de pasar todos al otro lado. Tal vez fuera ésa la razón de que no recibiera llamadas. ¿Cómo vas a ayudar a nadie si tu propia materia gris es una gran maraña gris?

Trató de vencer tan profundas ideas tapándose los oídos. Esta experiencia, pensó, hacía que se sintiera como un ratón atrapado en un laberinto, salvo que aquí no había un pedazo de queso que la guiase hasta la meta. Había perdido la vida, a sus amigos, su futuro, y ahora es posible que también la cabeza. Estaba atrapada en un estado de pubertad perpetua y en el interior de la misma ropa *para siempre,* y ¿qué obtenía a cambio de tanto sacrificio? La oportunidad de ayudar a otras personas, quizá, ¡si es que su teléfono sonaba, aunque fuera una vez!

Levantó la vista hacia la lente de la cámara y articuló despacio:

—¡AYÚDAME!

Los pies de Damen rebotaban con nerviosismo contra el suelo mientras permanecía sentado en silencio en la serena habitación del hospital, colocado a mitad de camino entre Petula y Scarlet. Posiblemente por primera vez en su vida sentía que las cosas no estaban bajo su control, no sólo las circunstancias sino también él mismo. Después de todo, se ufanaba de ser un atleta disciplinado, decidido y optimista. Era un ganador en el deporte y en la vida y tenía pruebas que así lo demostraban. Jamás daba nada por perdido, aunque fuera inevitable; así de fuerte era su fe en sí mismo y en el poder del pensamiento positivo. Los funestos pensamientos y la creciente desesperanza de la situación, sin embargo, eran territorio inexplorado para él, tanto mental como emocionalmente. Sobre todo emocionalmente.

Era capaz de plantarse en la línea de ataque y hacerle frente a una horda de placadores a la carga sin pestañear, y en cambio no podía afrontar sus propios sentimientos. Por eso era tan fácil salir con Petula. No requería profundizar. A ella la podía pasear de aquí para allá igual que a uno de sus trofeos deportivos, un premio destinado a suscitar la envidia de otros antes que a ser apreciado por él mismo. Pero la relación con Scarlet le había cambiado, o por lo menos había empezado a hacerlo.

Se puso a pensar en todo lo que tenía que haberle dicho a Scarlet y para lo que no había reunido el coraje suficiente. No tanto en lo concerniente a evitar que cruzara al otro lado —en ese tema no había nada que hacer, la chica era demasiado cabezota— sino sobre otras cosas. Cosas como lo mucho que ella le importaba, lo mucho que la echaba de menos. Lo mucho que la necesitaba. Cosas que ella necesitaba escuchar de boca de él.

Desesperado, trató de alcanzarla de la única forma que sabía, a través de la música. Desde el principio de su relación habían intercambiado canciones y discos como si de cartas de amor se tratase, y aún cuando ella no pudiese oírle a él, se le ocurrió que, tal vez, sí pudiese oír la música que ambos habían compartido. Damen hurgó en su mochila y extrajo su iPod, cargado de temas de grupos en los que ella le había iniciado y que, en su mayoría superaban con mucho cuanto él había escuchado jamás. Con sumo cuidado, le colocó los auriculares y, rememorando su primera cita juntos, giró la rueda hasta la pista que buscaba —Artista>Death for Cutie>Álbum>Plans>Tema>I Will Follow You into the Dark—, seleccionó la canción y pulsó el play.

Cuando el débil sonido brotó de los auriculares y quebró el silencio de la habitación del hospital, los «si sólo» empezaron a arremolinarse en su mente como una bandada de palomas enfermas. Quizá *sí* que se había mostrado en exceso preocupado por el estado de Petula, o puede que su expresión o el tono de su voz revelaran un inconsciente atisbo de afecto latente hacia ella, a pesar de sus sentimientos sinceros hacia Scarlet. Quizá era eso lo que había impulsado a Scarlet a dar el salto. Él quería ayudar a Petula, pero sólo lo hacía por Scarlet y nada más. ¿Cómo podía ella no haberse dado cuenta? ¿Acaso recuperar a Petula era la forma que tenía Scarlet de salvar a su hermana y su turbulenta relación?

Fuesen cuales fueran los motivos de Scarlet, Damen la necesitaba de vuelta. Y para que Scarlet regresara, era necesario que Petula lo hiciese también. Por muy desincronizados que hubiesen estado últimamente, lo cierto era que Scarlet y Damen se hallaban ahora en la misma sintonía. Ambos querían que Petula regresara.

9

El pájaro en el alambre

If I, if I have been unkind,
I hope that you can just let it go by.
If I, if I have been untrue,
I hope you know it was never to you.
—Leonard Cohen

Si acaso, si acaso he sido ingrato, / espero que puedas pasarlo por alto. / Si acaso, si acaso he sido infiel, / espero que sepas que no lo fui contigo.

Vivir para ver, pero en realidad la muerte es la mejor maestra.

Cuando te enfrentas a la muerte te ves forzado a mirar muy dentro de ti para comprender quién eres y qué sientes en realidad. Te descarna, como una exfoliación facial intensiva, arrancando la máscara de autoengaños, excusas y otras porquerías acumuladas en el transcurso de toda una vida. Lo que queda no siempre resulta agradable a la vista, al menos no al principio. Scarlet esperaba que su experiencia cercana a la muerte no acabara siendo una sentencia de por vida.

Scarlet no tenía ni idea de dónde podría encontrar a Charlotte, pero se sintió atraída, casi como una paloma mensajera, de regreso a Hawthorne High. De regreso a Muertología. ¿La razón? Una incógnita. Todos se habían ido, que ella supiera. Graduado. ¿A cuento de qué presentarse en un aula vacía? Pero algo tiraba de ella y siguió su instinto de vuelta al instituto.

Mientras se internaba flotando en el edificio pensó en Petula por un segundo, en lo extraño que se le habría hecho regresar a un lugar conocido y no encontrar ni una sola cara conocida. Y otro tanto de Charlotte. ¿No era espeluznante llegar a un sitio nuevo, ser el nuevo del lugar?

Conforme recorría planeando el largo pasillo, vio que se confirmaban sus peores miedos. El instituto estaba aparentemente vacío, pero antes de que el desaliento la venciera por completo, oyó voces a lo lejos. Enfiló hacia el sonido y, en efecto, divisó una luz que emanaba de la última aula. Se detuvo junto a la puerta y espió el interior a través de la ventanilla.

«Tiene que ser aquí —pensó Scarlet—. Muertología».

Volvió a asomarse, de forma más prolongada esta vez, con la esperanza de divisar a Charlotte o a alguien conocido.

—Pasa, pasa, quienquiera que seas —dijo la señorita Pierce alegremente.

Scarlet alargó la mano hacia el pulido pomo de latón y, no sin cierto esfuerzo, lo hizo girar hasta que cedió el cierre y consiguió abrir la pesada puerta.

La señorita Pierce era una mujer dulce de edad indeterminada: de aspecto agradable con unas pocas arrugas y una voz firme pero amable. Llevaba el pelo recogido en un moño prendido con un lápiz del dos, y lucía una elegante blusa de seda de manga larga conjuntada con una falda de lana de corte conservador. Parecía salida de una época en la que una persona de cincuenta años podía pasar por una de treinta y viceversa. Y a Scarlet se le ocurrió que hacía mucho de esas épocas. Se sintió mal por no tener una manzana que dejar sobre la mesa de la señorita Pierce.

—Bienvenida. Te estábamos esperando, pero… —tartamudeó la señorita Pierce—. Me temo que no sé tu nombre, señorita.

—Eh, Scarlet, Scarlet Kensington, señora —contestó en un tono respetuoso desconocido en ella—. Pero no creo que me esperaran a *mí*.

—Pues claro que sí, *Scarlet* —le aseguró la señorita Pierce, haciendo énfasis en su nombre como para que se le quedara grabado en la memoria—. Y ahí tienes tu sitio, el último pupitre libre, al fondo.

Scarlet intuyó el malentendido, pero antes de que pudiera decir esta boca es mía, la señorita Pierce le entregó un libro de texto, la cogió del brazo y la acompañó medio camino en dirección a su asiento. Conforme avanzaba entre las mesas, Scarlet iba mirando a izquierda y derecha y descubrió que no reconocía a nadie. No era buena señal. Sin embargo, en lugar de protestar, decidió ser paciente y aguardar a que la clase hubiera concluido para hablarle a la señorita Pierce de su dilema. Pensó que no había por qué hacer pensar a los chicos y chicas muertos de verdad que se creía mejor que ellos o algo por el estilo.

—Muy bien —continuó la señorita Pierce—, ahora que por fin estamos todos los que somos, revisaremos la película de orientación por última vez. Podéis seguir el texto en vuestros manuales de la *Guía del Muerto Perfecto.*

Se atenuó la luz y Scarlet se dedicó a ver la película por el rabillo de un ojo y a escudriñar a sus compañeros de clase con el otro. Comprobó que definitivamente no reconocía a ninguno. Luego se sobresaltó al sentir un golpecito en el hombro.

—Hola, Scarlet —dijo el chico sentado a su espalda cuando ella se giró para mirarle—. Soy Gary.

Gary o Green Gary, que era como lo conocían sus amigos del Otro Lado, era un chaval de aspecto agradable y asilvestrado, vestido con ropa ancha de tela de arpillera y zapatillas de cáñamo. Su aspecto era completamente normal salvo por la parte inferior del torso, que se veía deforme, casi retorcido por completo, como el tronco de un árbol viejo.

—Qué tal, Gary —susurró Scarlet esforzándose por mirarle a los ojos, algo nada fácil debido a su postura—. Estoy buscando a una chica, se llama Charlotte Usher. ¿La conoces?

—No —contestó Gary en voz baja—, pero no llevo tanto tiempo como otros de la clase. Eh, Lisa —se dirigió con un susurro al otro lado del pasillo—. ¿Conoces a una tal Charlotte?

Lipo Lisa era un primor de chica perfectamente acicalada, hidratada y depilada. Aun en el aula sumida en la penumbra, parecía relucir y echar destellos. La clase de chica capaz de hacerle la competencia a Petula y las Wendys, pensó Scarlet, con una salvedad: ella no era un caballo de feria, ella era una mula de carga. Lisa estaba muy atareada, viendo la película y haciendo flexiones de brazos con su manual *Guía del Muerto Perfecto,* cuando Gary interrumpió su tabla de ejercicios.

—Nunca he oído hablar de ella —gruñó Lisa sin apenas romper el ritmo.

—Pues gracias de todas formas —dijo Scarlet con sarcasmo—. Supongo que está demasiado ocupada quemando grasa para decir nada, ¿eh?

—No es que *pueda* decir mucho más —dijo Gary—. Murió mientras le hacían una liposucción chapuza en el cuello y tiene los músculos de la cara prácticamente paralizados.

—Seguro que antes se hizo la liposucción en el cerebro —espetó Scarlet.

—Lisa se considera a sí misma como la ola del futuro, una mártir de la belleza —dijo Gary sintiendo cada una de sus palabras.

—Bueno, pues entonces espero que pueda conocer a los setenta y dos cirujanos plásticos[6] en algún momento —se burló Scarlet.

---

[6] Referencia a las setenta y dos vírgenes que el Corán afirma esperan en el paraíso a cada uno de los mártires del Islam. *(N. de la T.)*

A fin de pasar el tiempo, se entretuvo echando un vistazo a los nombres que, inscritos en etiquetas identificativas prendidas al dedo gordo del pie de sus compañeros, alcanzaba a leer bajo el tenue resplandor del proyector. Estaban Polly, Tilly, Bianca y Andy, por nombrar unos pocos. Justo cuando Scarlet empezaba a especular sobre el cómo de la muerte de cada uno de ellos, Gary le ahorró el trabajo susurrándole inesperadamente al oído:

—Ése es A.D.D.[7] Andy, un skater que intentó deslizarse sobre el borde de la cuba de una hormigonera con el eje trasero del monopatín —informó Gary—. Lamentablemente, la hormigonera se puso en marcha y Gary pasó a formar parte de la acera.

—Tonto del culo —dijo Scarlet en un tono endiablado.

—Sí, ya, pero consiguió un montón de visitas en Youtube —dijo Gary tratando de ser positivo.

—¿Y Tilly? —preguntó Scarlet haciendo un ademán hacia la chica en cuestión.

—No lo preguntarías si estuvieran las luces encendidas —dijo Gary con una sonrisa—. Tanning Tilly se frió en una camilla de bronceado. La chica era una auténtica adicta a los rayos UVA. Demasiado avariciosa con las bombillas.

—Esto está que arde —se burló Scarlet, haciendo alarde de su cortante sentido del humor por primera vez en mucho tiempo—. Consiguió un bronceado de muerte.

—Esa de ahí es Blogging Bianca —dijo Gary señalando a una chica que tenía los dedos encorvados como si fuera a ponerse a teclear de un momento a otro—. Su blog era su vida.

---

[7] En inglés, acrónimo de *Attention-Deficit Disorder,* equivalente en castellano al acrónimo TDA (Trastorno por Déficit de Atención). *(N. de la T.)*

—¿De quién no lo es el suyo? —sonrió con suficiencia Scarlet, quien una de las cosas que menos soportaba en la vida era el valiosísimo tiempo que perdía la gente blogueando y embutiendo mundanas observaciones personales en sus pequeños cibertalleres clandestinos para consumo de las masas.

—Por desgracia, fue eso lo que le costó —explicó Gary—. Desarrolló una TVP, ya sabes, un coágulo de sangre por no moverse lo suficiente. Demasiadas entradas sarcásticas y demasiado poco ejercicio.

—*Demasiada* información personal —dijo Scarlet con segundas, encogiéndose de asco—. Y mira, la que no quería desconectarse. ¿Y tú qué, Gary? ¿Cómo… acabaste aquí? —preguntó.

—Oh, pues iba al volante de mi híbrido y perdí el control del coche. Di un volantazo para esquivar un árbol y en su lugar me estampé contra un supermercado Diana's.

—Toma puntería, ¡diste en el blanco! —dijo Scarlet, ahogando una risita con la mano.

—Sí, pero el árbol salió ileso, gracias a Dios —dijo Gary congratulándose de su logro.

—Pareces mayor que los demás —dijo Scarlet.

—Oh, pues la verdad es que soy el más joven, creo —dijo Gary—. Será porque nunca he ingerido conservantes en exceso.

—Oh —respondió Scarlet tratando de ocultar su estupefacción ante el hecho de que Gary pareciese de la edad de su padre—. Seguro que nunca te han pedido el carné.

—No, ni nunca lo harán —dijo Gary con una nota momentánea de tristeza en la voz.

—¿Y tú? —preguntó burlonamente a Scarlet una voz desde el otro extremo de la habitación—. ¿Cómo has acabado *tú* aquí?

—Y a ti qué te importa, Paramour Polly —dijo Gary—. Tiene celos de todo el mundo. Murió robándole el novio a su mejor amiga. Estaban haciéndolo en la vía del tren y…

—Puedes ahorrarme los detalles, gracias —le atajó Scarlet.

Decidió que había escuchado ya todo lo que quería o necesitaba escuchar.

Una vez informada sobre sus compañeros de clase, Scarlet concentró su atención en la pantalla. En ese momento, la película mostraba a Butch y Billy recibiendo lecciones sobre cómo emplear adecuadamente las «habilidades especiales». Scarlet encontraba la película fascinante, a decir verdad, pero no dejaba de recordarse a sí misma que ella estaba allí sólo como oyente. Toda aquella historia era superflua, puesto que ella, en realidad, no estaba muerta.

Tras encender las luces, la señorita Pierce dio por finalizada la clase, pero permaneció sentada a su mesa. Scarlet observó cómo salían del aula los demás chicos y chicas y se acercó a la profesora para hablar con ella.

—¿Puedo ayudarte en algo, Scarlet? —se ofreció la señorita Pierce muy amablemente.

—Eso espero —dijo Scarlet muy seria—. Verá, éste no es el lugar que me corresponde.

—Todos pensamos lo mismo al principio, querida —dijo la señorita Pierce—. Ya te acostumbrarás.

—Yo no quiero acostumbrarme… —Scarlet se contuvo—. Lo que quería decir es que yo no soy como usted y los demás.

—¿A qué te refieres, Scarlet? —preguntó la profesora, picada por la curiosidad.

—Yo no estoy muerta, señora —dijo Scarlet—. Aún.

La señorita Pierce recibió sus palabras con cierto escepticismo, pero al echar un vistazo a su relación de alumnos no pudo encontrar el nombre de Scarlet. Siguió escuchando, ahora con más atención.

—Y entonces ¿por qué estás aquí? —dijo la señorita Pierce—. No es que se cuente precisamente entre las prioridades de un adolescente.

—Busco a alguien que *sí* está muerto —respondió Scarlet—. Una chica, se llama Charlotte Usher.

—Pues lo siento, no está en esta clase —la informó la señorita Pierce, consultando de nuevo su lista de asistencia—. Francamente, no tengo ni idea de cómo podrías dar con ella.

—No es que entienda muy bien cómo funciona toda esta historia, pero sé que se graduó.

—Pues ésa es la cuestión, señorita Kensington —explicó la señorita Pierce—. Ninguno de los que estamos aquí sabemos dónde está ese lugar, pero todos estamos deseando que se nos brinde la oportunidad de ser trasladados allí.

Algo en el tono de la voz de la señorita Pierce indicó a Scarlet que ésta había albergado la esperanza de que la nueva alumna fuera quien les conduciría hasta el otro lado.

—Lo siento si mi presencia ha causado confusión.

—Has causado mucho más que confusión —dijo la señorita Pierce de forma enigmática—. Puesto que no hay nada que yo pueda hacer por ti de momento, ¿por qué no ocupas una habitación libre en Hawthorne Manor esta noche y esperamos a ver si mañana podemos solucionar tu problema?

—Gracias —dijo Scarlet, con la voz levemente quebrada por la tensión.

Scarlet empezaba a estar muy preocupada, el tiempo acuciaba y no sabía qué podría estar pasando en el hospital, pero a falta de otra elección decidió que sería interesante regresar a Hawthorne Manor, esta vez como huésped en lugar de como camarera.

Scarlet entró en Hawthorne Manor igual que cualquier otro día de trabajo, pero en esta ocasión tenía acceso especial a la residencia propiamente dicha. Era majestuosa y hermosa, tal y como la recordaba de la primera vez. Atravesó las enormes puertas de madera y cruzó el vestíbulo de mármol, orgullosa de haber colaborado en su día a preservar un lugar tan excepcional. Allí no había nadie, que ella supiera.

Caminó hacia la fabulosa escalera y ascendió a las habitaciones, echando miradas furtivas por encima del hombro durante todo el camino, en anticipación de los furiosos y resentidos fantasmas que tal vez moraban ahora aquí. Mientras recorría el pasillo reparó en que todas las puertas lucían placas rotuladas, luego llegó al antiguo dormitorio de Charlotte, que, por fortuna, parecía desocupado. Se le hizo raro atravesar la puerta, puesto que la última vez había entrado nada menos que flotando por la enorme vidriera.

Pasó el dedo por la repisa de la chimenea y pensó en Charlotte y en todo lo ocurrido. Pensó también en Damen y se preguntó si seguiría revoloteando alrededor de Petula en la habitación del hospital, o si habría encontrado un minuto para derramar unas lágrimas por ella, acariciar su mano y pedirle también a ella que regresara del borde del abismo. De improviso, no obstante, Scarlet se encontró pensando sobre todo en Petula y en cómo la iba a salvar. En ese momento, oyó unos golpecitos en la puerta del dormitorio.

—¿Scarlet? —susurró una voz.

—¿Sí...? —preguntó Scarlet extrañada; deseó que no fuese el cansancio que ahora la hacía oír voces... o algo peor.

Resultó ser Green Gary, con una inesperada invitación.

—Nos hemos juntado unos cuantos en la sala de reuniones. Si te apetece, puedes unirte a nosotros.

Pese a estar agotada, Scarlet vio en ésta una buena oportunidad para obtener alguna información de los chicos y chicas de la residencia.

—Pues claro —dijo a la vez que abría la puerta y salía disparada detrás de él cuan largo era el pasillo y luego escaleras abajo.

—¿Qué pasa, rostro pálido? —preguntó Tilly, burlándose de la piel de porcelana de Scarlet, que en su estado fantasmal parecía más translúcida todavía.

Lo normal es que Scarlet se hubiese sentido ofendida, pero al mirar a Tilly, que parecía uno de esos arrugados zombis radiactivos con la carne cayéndoseles a pedazos que salen en las antiguas películas de ciencia ficción cutre, su complexión rigurosamente protegida del sol parecía mucho más pálida en contraste. Describir el aspecto de Tilly como «bochornoso» era quedarse corto, y a Scarlet le pareció que no tenía necesidad alguna de «escaldarla» todavía más.

—¿Podemos llevarnos bien, por favor? —preguntó Green Gary saltando en defensa de Scarlet.

—No pasa nada —respondió ésta con brusquedad—. No estoy aquí para hacer amigos.

Polly miró a Scarlet de arriba abajo y se sintió amenazada por su estilo desenfadado y su belleza natural, por no hablar de la actitud excesivamente solícita de Green Gary hacia ella.

—Entonces, Tartlet[8], dime —canturreó con malicia—, ¿qué haces aquí?

—Eso —inquirió Blogging Bianca, sus manos cerniéndose sobre un teclado imaginario igual que las de una *bloggerazzi* dispuesta a ser la primera en comentar la entrada más reciente del blogger más popular de la red—. ¿Cuál es el propósito de tu estancia aquí?

Resultaba insólitamente surrealista el modo en que Bianca se quedaba congelada después de cada frase, como si formara parte de un blog de la vida real. Sólo le faltaba la flecha de «play again» impresa sobre la cara.

—Busco a alguien, bueno, en realidad busco a dos personas —dijo Scarlet con un hilo de voz—. Y no sé cómo encontrarlas.

—¿Amistades o familia? —preguntó Bianca.

—Las dos cosas —respondió Scarlet.

—No pueden ser las dos cosas. Las amistades son personas con las que escoges estar y la familia es gente con la que tienes que estar —dijo Bianca, que empezó a darle vueltas a la idea para convertirla en una posible entrada de blog, pero luego se dio cuenta de que cuanto menos debía intentar echar una

[8] De nuevo, juego de palabras intraducible entre los homónimos *Scarlet/Tartlet* (en inglés, jovencita que viste y se comporta como una fulana). *(N. de la T.)*

mano—. Puedo activar una alerta de desaparición —se medio ofreció, obviando el hecho de que a todos cuantos podía alertar ya se encontraban en la habitación.

—¿Y qué, no tienes donde plantar las fotos, pedazo de idiota? —le gritó Andy a Bianca mientras practicaba nuevas piruetas de estilo libre en su monopatín—. Tiene que hacer algo *de verdad,* como buscar a esas personas, por ejemplo.

—En realidad estoy buscando a dos chicas. Confío en que la amiga me conduzca hasta la obra —dijo Scarlet—. Y el tiempo apremia.

—Ya veo —dijo Gary—. Es que estamos todos un poco decepcionados. Me parece que esperábamos que estuvieses aquí por nosotros.

Scarlet miró a su alrededor y percibió tristeza, frustración, soledad, pero no rabia.

—Supongo que todos estamos esperando a que alguien venga y nos salve —concluyó Scarlet.

Scarlet se acurrucó bajo las pesadas sábanas de la acogedora cama con dosel y acababa de quedarse dormida cuando sus ojos se abrieron de nuevo, espoleados por la luz de la luna que ascendía, como un falso amanecer, por la vidriera de colores. Su mala conciencia tampoco es que la estuviera ayudando mucho, y ya se había vuelto completamente inmune a sus cánticos chinos para dormir.

La probabilidad de conseguir dar una cabezada le pareció cada vez más remota, de modo que se retrotrajo al momento de su partida y empezó a darle vueltas a su impulsiva decisión. ¿No habría sido más útil echar una mano en el hospital en lugar de merodear a la caza y captura entre dos mundos? ¿Y la preocupación que le estaría causando a su madre? ¿Y a Damen? Al apartar la vista de la gélida mirada de la luna, reparó en el viejo manual de la *Guía del Muerto Perfecto* de Charlotte, que reposaba sobre la mesilla de noche, junto a la cama.

Recordó que el manual de Charlotte era diferente de los demás. Más antiguo, si no recordaba mal. Sacó el manual que le habían dado de debajo de la manta y se puso a pasar hojas, comparando páginas y capítulos. Se cruzó con el dedicado a la posesión en el libro de Charlotte, que no aparecía en el suyo.

—Esto ya lo tengo visto —dijo Scarlet, y pasó de largo el ritual.

Hojeó cada libro hasta el final, cotejándolos página por página, pero la única diferencia entre ambos era lo de la posesión, aparentemente. Hasta que llegó a la última página. Parecía más un formulario o una solicitud que un texto en sí. Fácil de pasar por alto, a no ser que uno lo estuviera buscando a propósito.

La cabecera de la página decía así: DECISIÓN ANTICIPADA.

10

Así es como desaparezco

Recuerda siempre que eres único.
Exactamente igual que los demás.
—Margaret Mead

Cada cosa a su tiempo.

Las personas entran o salen de nuestras vidas por toda clase de razones, la mayoría de ellas relacionadas con cómo racionamos nuestro tiempo. La diferencia entre hacer las cosas en el momento debido o no, entre hacer amigos o crearse problemas, es por lo general una cuestión de disposición. Estés muerto, vivo o a medio camino entre ambas cosas, no hay nada más inútil que encontrarse en el lugar adecuado en el momento equivocado.

Petula y Virginia estaban sentadas en el banco pero apenas hablaban. Petula se percató de que la chica le miraba los pies y se puso a la defensiva.

—Me han quitado el esmalte —dijo Petula, señalándose el más que evidente desaguisado antes de que lo hiciera la niña.

—¿Y? —dijo Virginia con un tono indiferente muy logrado.

—Pues que no puedes ir por ahí con los pies hechos una pena —la reprobó Petula—. Si no te interesas por ti misma, ¿quién se va a interesar por ti?

—¿Es que no hay cosas más importantes por las que preocuparse? —preguntó Virginia.

Miró a Petula —unas raíces negras asomaban por debajo de sus deterioradas extensiones de pelo rubio— y se dio cuenta de que probablemente no había nada más importante para ella.

—No te engañes —dijo Petula furiosa—. Cuando tienes buen aspecto, como yo, haces que todos los que te rodean tengan buen aspecto. La belleza importa.

—Lo sé de sobra —dijo Virginia con cierto pesar.

—¡No me digas! ¿En serio? —le espetó Petula con condescendencia.

—Sí, en serio —insistió Virginia, imitando el tono irritante de Petula.

Se miraron de hito en hito, listas para el duelo.

—No necesito que me des lecciones sobre la importancia de la belleza —continuó Virginia—. ¿Sabes la foto esa que viene con el marco, la de la niña con una carita y sonrisa perfectas, la que te anima a comprar el marco?

—Sí —dijo Petula—. Es más, mi hermana solía conservar esas fotos en el marco y hacía como que su hermana era ésa y no yo.

—Vale, pues *ésa* era yo —dijo Virginia—. De ahí pasé a ser una de las bellezas infantiles de más éxito que te puedas imaginar.

—Pues qué bien —dijo Petula con desdén—. La verdad es que yo nunca tuve tiempo para dedicarme a esas cosas. Estaba demasiado ocupada con mis amigas, ya sabes, con mi vida social.

Petula trató de disimular, pero se supo derrotada. En el fondo siempre había querido ser una de esas bellezas infantiles. Pensaba que iba ni de perlas con su personalidad competitiva, pero su madre era de otra opinión. Petula siempre creyó que se trataba de una conspiración urdida por Scarlet y su madre a fin de evitar que pudiera desarrollar del todo su cisne exterior.

—¿Tú tienes amigas? —preguntó Virginia con una mezcla de sarcasmo y curiosidad.

—De hecho, tengo dos *mejores* amigas —le restregó Petula.

—Me alegro por ti —respondió Virginia algo más melancólica esta vez.

Las dos chicas se habían cogido la medida, y finalizado el primer asalto regresaron a sus «esquinas», sintiendo ambas un poco más de respeto hacia su contrincante. Tenían más en común de lo que Petula esperaba y de lo que a Virginia le hubiese gustado.

—Supongo que nunca conseguiste el título de Miss Simpatía —dijo Petula pasado un rato, sonriendo a la jovencita.

—Pues la verdad es que ni siquiera sé lo que gané —contestó Virginia con indiferencia—. Tampoco es que me importe.

—Oh, claro que sí —dijo Petula con una sonrisita de suficiencia—. Seguro que podías haberlo dejado cuando quisieras.

Virginia guardó silencio.

—Pero no lo hiciste —insistió Petula—. ¿A que no?

A Petula le bastó como respuesta el insólito silencio de Virginia y volvió a concentrarse en lo importante: ella y su pedicura en particular.

—Fíjate, es que ni siquiera me la han quitado del todo —dijo, ostensiblemente enojada—. No va a haber manera de encontrar quitaesmalte… por aquí.

Pasados unos instantes, Virginia salió al paso con un práctico consejo.

—Sólo tienes que remojarte los pies en agua templada, retirar los restos de esmalte y luego aplicarte en las uñas un poco de zumo de limón para que adquieran un tono blanco natural —sugirió, para alivio de Petula.

—¿Cómo lo sabes? —dijo ésta, sorprendida.

—Sé un montón de cosas —dijo Virginia en tono burlón—. Un montón de chorradas estúpidas, sin importancia…

—Creo que podemos aprender mucho la una de la otra —dijo Petula a la vez que un destello atravesaba una de sus lentes de contacto de color—. ¡Vas a ser la hermanita que siempre quise tener!

Y con este frío comentario, la temperatura de la habitación se desplomó de repente. Ambas trataron de ocultar los mudos temores que hasta ese momento habían estado acechando la conversación y se deslizaron sobre el banco hasta quedar muy juntas, tirando cada una de sus respectivos camisones lo máximo que alcanzaron a estirarlos, que ni mucho menos resultó ser lo suficiente.

—¡Maldito algodón! —bramó Petula encorvándose ligeramente—. No se da de sí.

El doctor Kaufman, un joven residente de neurología muy atractivo cuya presencia transformaba mágicamente el hospital de Hawthorne en el *General Hospital* de la serie televisiva, pasó a la habitación para examinar a las hermanas Kensington mientras Damen guardaba vigilia entre ambas. El doctor empezó con Petula, a quien examinó tan concienzudamente como la doctora Patrick y las enfermeras habían hecho antes.

A Damen le hizo gracia contemplar al doctor recorriendo con sus manos las piernas y los brazos de Petula, inspeccionando su piel y comprobando que no tenía erupciones. «Este tío es definitivamente su tipo», pensó, y al instante le embargó una oleada de tristeza, constatando que tal vez nunca tuviera la posibilidad de intentar ligárselo.

El doctor también examinó a Scarlet, y Damen sintió una punzada de celos al mirar cómo Kaufman la manejaba, practicando el obligado examen neurológico y motor. Inevitablemente, pensó que prefería «jugar a los médicos» con ella mucho más que ser testigo de la inspección real. Kaufman le abrió los párpados, iluminó los ojos de Scarlet con su linterna de bolsillo y anotó sus observaciones en las omnipresentes historias, que pendían de cada una de las camas.

Estos tres exámenes diarios eran para Damen algo así como las actualizaciones a tiempo real de la llegada de un avión que volase con retraso a causa del mal tiempo. Una señal de mejoría en el estado de cualquiera de las dos podía significar que Scarlet había logrado su objetivo, que estaba más cerca de volver junto a él y más cerca de la vida que de la muerte.

—Y bien, ¿cuál es el veredicto? —preguntó Damen ansiosamente, buscando una respuesta concreta que aliviara sus pensamientos.

—Te seré franco —dijo el doctor Kaufman.

—Por favor —contestó Damen, cogiendo la mano de Scarlet y apretándola entre las suyas.

—Me temo que sus constantes vitales se han debilitado desde ayer —dijo el doctor Kaufman—. Y el examen neurológico no revela ningún cambio.

—¿Y eso qué significa? —preguntó Damen de manera ingenua, sabiendo condenadamente bien lo que significaba y sin quererlo afrontar.

—Todo indica que el estado de ambas se está deteriorando —sentenció el doctor Kaufman mientras estampaba sus iniciales en el informe, se daba media vuelta y salía por la puerta.

Damen inclinó la cabeza sobre Scarlet y luego pensó en un millón de preguntas que quería hacer, aunque sólo fuera para sentir que estaba haciendo algo. Salió disparado en busca del doctor Kaufman, y alcanzó a ver cómo desaparecía en el interior de la habitación de otro paciente situada al final del pasillo.

Cuando iba a traspasar el umbral, brotó del interior un gimoteo apenas audible que le hizo frenar en seco. Asomó la cabeza y vio que el doctor Kaufman se disponía a realizar una nueva exploración. Entonces reparó en un angustiado matrimonio, que se inclinaba esperanzado sobre una preciosa niña de no más de doce años, que parecía terriblemente enferma. Damen no era médico, pero adivinó que su estado era grave. Le asaltaron unas tremendas ganas de llorar, por aquella niña, por Scarlet o por él mismo, no estaba muy seguro.

«La vida no es justa», constató Damen por vez primera en su superpopular, superconectada y superexitosa existencia a la vez que daba media vuelta y regresaba a la habitación de Petula y Scarlet.

Scarlet levantó la mano en el preciso instante en que la señorita Pierce se disponía a impartir la clase de ese día.

—¿Sí, Scarlet? —dijo la profesora, prestándole atención.

—Anoche estuve leyendo hasta tarde la *Guía del Muerto Perfecto* y lo entiendo todo salvo una cosa —explicó Scarlet.

—¿Y qué es lo que no entiendes? —preguntó la señorita Pierce.

—¿Podría explicarme eso de «Decisión Anticipada»? —demandó Scarlet preparándose para una reacción negativa de alguna clase por parte de la habitualmente genial decana.

La expresión de la señorita Pierce se endureció un poco y por un instante pareció haberse quedado sin habla.

—¿Decisión Anticipada? —murmuró, con evidente desconcierto—. Me temo que no sé a qué te refieres.

Tilly, Gary, Bianca y todos los demás se volvieron para mirar a Scarlet con una expresión divertida en el rostro, intrigados por el hecho de que la chica nueva hubiese conseguido dejar sin habla a la señorita Pierce, quien hasta ahora había demostrado tener respuesta para todo.

—Lo vi en un antiguo manual de la *Guía del Muerto Perfecto* que encontré en mi dormitorio —explicó Scarlet—. En la última página.

Scarlet levantó el formulario en alto desde el fondo de la clase para que la señorita Pierce y todos los alumnos pudieran verlo.

—Yo sé lo que significa —intervino Polly rompiendo el silencio y ofreciendo su opinión no solicitada—. Es cuando decides irte de una fiesta antes de que llegue la novia genuina de tu novio.

El análisis de Polly mostraba evidentes trazos biográficos que no le interesaban a nadie y fue descartado al instante por los demás alumnos.

—Creo que es cuando tienes que decidir si vas a deslizarte por el borde del tanque de tiburones en el zoo —interpuso Andy, aportando su temeraria perspectiva personal a la discusión.

—Acertáis los dos —dijo la señorita Pierce para sorpresa de todos—. Metafóricamente, claro está.

—¿Eh? —dijo Scarlet dando voz a lo que el resto de la clase ya estaba pensando.

—Decisión Anticipada es un proceso mediante el cual un único alumno puede eludir el curso de Muertología —explicó la señorita Pierce con esmero.

—Vaya, ¿y ya está? —preguntó Tilly haciendo gala de su notoriamente impaciente personalidad, que ahora brilló con la intensidad de los rayos UVA que la mataron—. ¿Me está diciendo que he estado esperando aquí para nada?

—La Decisión Anticipada no la enseñamos, Tilly —contestó de manera tajante la señorita Pierce—. Porque es peligrosa para el candidato y también para el resto de la clase.

Scarlet intentó recuperar el hilo de la conversación.

—¿Y dice que Polly y Andy no andan desencaminados? —preguntó Scarlet.

—Consiste en pasar al Otro Lado antes de que se estime que uno está preparado —continuó la señorita Pierce con cierta vaguedad—, y superar el mayor obstáculo de todos.

No había nada peor que el lugar donde ahora se encontraba, y además, ¿acaso alguien llegaba alguna vez a estar preparado *del todo*?, pensó Scarlet.

—¿Y por qué es tan peligroso? —preguntó inocentemente—. Aquí todos, bueno, casi todos están ya muertos.

—Ah, Scarlet, eso dice mucho de ti —dijo la señorita Pierce—. Hay cosas peores que la muerte, pero como no eres lo que se dice uno de nosotros, aún no puedes comprender del todo lo que trato de decir.

—Estoy escuchando —dijo Scarlet.

—Lo que estás haciendo es ocupar un sitio reservado para otra persona —explicó la señorita Pierce yendo al grano.

—Está bien —murmuró Scarlet, ofendida por la franqueza de la recatada profesora. No era la primera vez que se la acusaba de ocupar espacio, pero en esta ocasión era diferente.

—Dar el paso puede ser peor que quedarse —prosiguió la señorita Pierce.

—No para mí —bromeó Scarlet a la vez que dejaba muy claro cuál era su elección.

—No estés tan segura —continuó la señorita Pierce, con tono severo—. Al venir aquí nos has puesto a todos en peligro. Has conseguido que tu problema sea *nuestro* problema.

Scarlet paseó la mirada por el aula y reparó en la expresión de angustia que mostraban todos en el rostro.

—Sólo intentaba salvar a mi hermana.

—Eso es admirable —dijo la señorita Pierce de manera condescendiente, suavizando la voz—. Pero a menudo hasta las más nobles acciones acarrean consecuencias no deseadas.

—Ahora sí lo entiendo —Scarlet no alcanzó a dar otra respuesta.

—Lo dudo —advirtió la profesora—. En el caso de que *sí* se te acepte de forma anticipada, no hay forma de saber dónde irás a parar. Por el contrario, si se rechaza tu solicitud…

—¿Sí? —preguntó Scarlet pendiente de la respuesta.

—Sólo se nos da una oportunidad para cruzar al otro lado, Scarlet —informó la señorita Pierce—. O lo hace cada uno por su cuenta, o lo hacemos todos juntos a la vez. La clase de Muertología existe porque las probabilidades de éxito son mayores si el intento se hace en grupo, un grupo más preparado. Hacemos lo imposible para que nadie se quede atrás, asegurándonos de que han aprendido correctamente las lecciones que les da la vida y la muerte.

—Me está liando —se quejó Scarlet con la cabeza dándole vueltas.

—Resumiendo, si tú fallas, lo pagamos todos —señaló la señorita Pierce—. Puede que no seas la elegida para ayudarnos, pero podrías ser fácilmente la que nos condene a nosotros y a ti misma.

—No fallaré —dijo Scarlet—. No puedo fallar.

—Puedo entregar la solicitud en tu nombre, Scarlet —dijo la señorita Pierce con un hilo de voz—, pero debes tener en cuenta que no hay garantías de que salga bien.

—Estoy dispuesta a correr el riesgo —dijo Scarlet presentando el formulario algo vacilante, con la mano temblorosa—. Necesito intentar que todo vuelva a como estaba antes.

Scarlet se volvió para encarar la clase. Al fin y al cabo, era nada menos que con sus almas con lo que estaba jugando, y sintió que les debía su reconocimiento, por no hablar de una explicación.

—Espero que lo comprendáis —dijo sondeando el impacto de su respuesta en sus expresiones—. Tengo que intentarlo.

—¿Estás segura de querer hacerlo? —preguntó A.D.D. Andy cuestionando así por primera vez una acción.

—Ten fe —Scarlet le sonrió, mientras todos los chicos y chicas sentados a su espalda cruzaban los dedos.

La profesora dobló pulcramente la solicitud en tres y se acercó a una placa de latón atornillada a la pared. La superficie tenía una ranura, muy al estilo del buzón de la puerta de las granjas antiguas. La señorita Pierce se demoró un segundo, luego introdujo el papel hasta la mitad, aguardando al consentimiento de Scarlet para colarse en la eternidad.

Scarlet exhaló armada de valor, se tranquilizó y se preparó para no sabía muy bien qué.

La señorita Pierce deslizó el formulario con mucha elegancia por la ranura, y antes de que tuviera tiempo de volverse de nuevo hacia Scarlet, ésta se había esfumado.

11

Ella ofrece refugio

No ser parte de alguien
es no ser nada.
—John Donne

En la vida
todos somos fisgones.

Nos metemos en los asuntos de los demás, transformando sus problemas en una forma de entretenimiento personal y básicamente escamoteándoles sus propias tragedias. Devoramos los detalles más horribles e íntimos con la ferocidad con la que los polluelos picotean su comida, sin que salvo en raras ocasiones unamos los desafortunados puntos que revelan la imagen completa en toda su inmensa y triste realidad.

Maddy entró en la sala de descanso y pasó junto al resto de becarios sin mediar palabra, como siempre. No sólo no interactuaba con nadie que no fuera Charlotte, sino que literalmente los ignoraba. Y lo que era peor, Charlotte empezaba a tratarlos igual.

—¿Y qué demonios hace ésta aquí, ya que estamos? —azuzó CoCo.

—Eso —cotorreó Violet—. ¿Por qué no estaba en Muertología con nosotros? ¿Es que alguien sabe *algo* de ella?

Y a decir verdad, nadie sabía nada. Ni siquiera Charlotte, tan obsesionada consigo misma o tan ocupada respondiendo a las preguntas de Maddy, se había parado a pensar en preguntarle a Maddy cómo o por qué había llegado hasta allí. Las chicas estaban en pleno cotilleo cuando Maddy entró en la sala.

—Hablando del rey de Roma —dijo Prue señalando con la cabeza en su dirección.

Las demás chicas soltaron una risita y retomaron la conversación.

—¿Algún problema? —preguntó Maddy secamente, acallándolas.

—Pues sí —dijo Pam con un tono igual de cortante—. Tú. Charlotte era feliz cuando llegó aquí.

—Y entonces ¿qué pasó? —la interrumpió Maddy con brusquedad—. Pues que todas vosotras tuvisteis vuestro final feliz y ningún tiempo para ella. De no ser por mí, no tendría a nadie.

—Charlotte está en un momento muy vulnerable —racionalizó Kim, con una dosis menos de veneno que las demás en la voz—. Una amiga de verdad no cogería sus llamadas ni la aislaría ni alimentaría sus dudas y temores.

—¿Amigas de verdad? Sí, claro, como... —Maddy dejó la frase en el aire para que penetrara en la mala conciencia del resto de becarias que rodeaban la mesa.

Debían reconocer que no le habían dedicado demasiado tiempo a Charlotte desde que cruzaron al otro lado. Entre sus nuevas «vidas» y el trabajo, cada vez era más complicado buscar un hueco para compartirlo de verdad. Pero después de todo lo que habían pasado juntas, Charlotte debía saber lo mucho que les importaba.

Pam se tomó la sugerencia de Maddy como una ofensa personal, puesto que ella era la que conocía a Charlotte desde hacía más tiempo, más incluso que Scarlet.

—A mí nadie me viene a enseñar cómo ser amiga de Charlotte y menos tú, que la acabas de conocer —la cuestionó Pam—. Hacemos lo que hay que hacer, lo que se nos pide que hagamos.

—Pues igual que yo —respondió Maddy vagamente y dio media vuelta y se fue, dejando a las becarias con la palabra en la boca y el asunto en el aire.

Scarlet miró a su alrededor y comprobó que estaba en otro lugar. Pero dónde, exactamente, no tenía ni la menor idea. Parecía una urbanización cerrada un tanto deprimente: vallada, con paseos pavimentados y cierto aire a campamento de reclutas. A lo lejos pudo divisar una aislada torre de apartamentos, delgada como un palo. Estaba oscureciendo, así que dirigió sus pasos hacia el edificio, la señal de luz, que no de vida, más próxima, con la esperanza de obtener alguna información sobre Charlotte.

Franqueó la entrada y la detuvo el portero.

—Estoy buscando a una persona —dijo con nerviosismo.

El hombre la miró de arriba abajo y luego reparó en su camiseta de Damned[9]. Damen se la había llevado al hospital para que se la pusiera con ocasión de su «viajecito».

—Es un grupo de música —aclaró ella, convencida de que no eran el momento ni el lugar idóneos para correr riesgos.

—¿A quién? —fue la cortante respuesta de él.

—¿A Charlotte Usher? —dijo ella con tono acobardado, medio esperando que el portero la echara de allí con cajas destempladas.

El tipo levantó la vista hacia la videocámara que vigilaba la entrada como buscando una respuesta, y la luz roja parpadeó una vez.

[9] En castellano, «maldita». *(N. de la T.)*

—Diecisiete —dijo señalando el ascensor con un ademán.

Scarlet permaneció en estado de shock un minuto, petrificada en el sitio, dudando si salir corriendo por la puerta o arrojarse encima del portero y plantarle un beso. Iba a ver a su mejor amiga. Por fin podía albergar alguna esperanza, no sólo fe, en que su viaje había merecido la pena. Quizá diecisiete plantas más arriba se hallara la respuesta a sus plegarias, las de Petula, las de su madre, puede que hasta también las de Damen… o, reflexionó pausadamente, el comienzo de una pesadilla.

De pronto cayó en la cuenta de que no tenía ni idea de dónde estaba ni de quién era el tipo aquel de la puerta. Tal vez estuviese resultando todo demasiado sencillo. ¿No la había advertido la señorita Pierce de que no había garantías cuando se tomaba una Decisión Anticipada? Tal vez no estuviera predestinada a salvar a Petula o a sí misma… Tal vez estuviera predestinada a convertirse en el aperitivo de algún malvado juez de *reality show* de proporciones gigantescas. Diecisiete plantas, nada menos.

Scarlet se volvió hacia el portero otra vez y le escudriñó tratando de evaluar su personalidad. Su aspecto era imponente, pero no parecía malintencionado. Decidió que se trataba de un alma buena, básicamente, poco inclinada a engañarla. Además, la planta diecisiete estaba «arriba» después de todo. Las probabilidades, sopesó, se inclinaban a su favor. Estuviese o no buscándose una excusa, el caso es que desechó sus dudas y se dejó llevar por el instinto.

Damen hojeaba la revista, alzando los ojos hacia Scarlet y Petula a intervalos regulares. Observaba los monitores, dispuesto a alertar a las enfermeras o los médicos si percibía algún cambio, ya fuera para bien o para mal, antes de que se dispararan las alarmas. Afortunadamente, pensó, las dos chicas permanecían estables desde hacía un día más o menos, sin que hubiese sido necesaria una intervención de urgencia. Lo que suponía todo un alivio para él y para Kiki Kensington, a la que telefoneaba para tranquilizarla cada pocas horas.

Se rascó su desacostumbrada barba incipiente, dejó la revista y cogió la mano de Scarlet, que colgaba entre los barrotes de la barandilla de la cama. Acarició su antebrazo y le apretó los dedos, tratando por todos los medios de provocar algún tipo de reacción, refleja aunque fuera. Y entonces dejó de preocuparle si obtenía una respuesta o no y se limitó a acariciarla, perdido en sus pensamientos sobre ella. Él era el único en el mundo entero que la conocía tal y como era realmente. Sabía que sus vacaciones preferidas eran el período de horario de verano, que cambiaba de grupo de música preferido según su capacidad de actuar en vivo, y que para ella el día ideal consistía en pasar el tiempo en librerías de viejo, comprar joyas vintage, comer una hamburguesa en una cafetería de mala muerte y luego ver una peli indie en un cine art nouveau.

No quiso seguir recordándola como si no fuera a volver nunca más, y en su lugar se puso a cavilar sobre si habría alguna manera de que él le echase una mano. Entonces miró su rostro con ternura y creyó ver el leve esbozo de una sonrisa en sus labios.

—¡Adelante! —vociferó Charlotte cuando oyó unos débiles golpecitos en la puerta. Era casi imposible oír, pero Charlotte, curiosamente, sí que podía. No había recibido ninguna visita todavía, y la perspectiva de que, tal vez, Pam, Prue, DJ, Jerry, cualquiera de sus amigos, se pasasen a verla era de lo más emocionante.

La puerta se abrió despacio y divisó una mano que se asomaba al interior. Era una mano pálida y las uñas estaban pintadas con esmalte de color muy oscuro. Conocía aquellos dedos como si fueran los suyos. Charlotte se quedó sin habla.

—¿Qué? ¿Qué pasa? —preguntó Maddy, la cual no había visto jamás a Charlotte quedarse sin palabras.

—¿Es la Muerte en persona? —consiguió balbucear Charlotte sin quitar los ojos de la puerta, dejando a Maddy completamente perpleja.

La puerta se abrió otro poco con un crujido y la mano se adentró en el interior otro tanto.

—No, ni tampoco un vampiro —dijo Scarlet abriendo la puerta de par en par.

Charlotte se quedó plantada donde estaba, paralizada y muda ante aquella visión. No podía creer lo que veían sus ojos, o más bien era su corazón el que no la dejaba tener fe en sus ojos.

—¡Scarlet!

—¡Charlotte!

Sin mediar otra palabra, caminaron una al encuentro de la otra y, después de mirarse a los ojos, se fundieron en un abrazo. Fue como si volviesen a intentar la posesión, aunque esta vez se aferraban mutuamente como si les fuera la vida en ello.

—Te echaba de menos —dijo Scarlet abrazándola muy fuerte.

—No tienes ni idea —dijo Charlotte, consiguiendo apenas liberar una mano del abrazo de oso de Scarlet para retirarle de la cara los largos mechones de su inconfundible flequillo negro escalonado.

—No has cambiado nada.

—No, no he cambiado —dijo Charlotte, con un leve tono de melancolía en la voz—. No me puedo creer que estés aquí.

Charlotte quería ponerse a saltar en la cama como una colegiala, pero se contuvo por respeto a Scarlet, y porque Maddy las observaba.

—Yo tampoco —dijo Scarlet repasando en su cabeza la ristra de arriesgadas decisiones que la habían llevado hasta allí.

Las dos permanecieron mirándose otro rato más, escudriñándose de arriba abajo y de abajo arriba, no de manera crítica, como lo harían las Wendys o Petula, sino con un cariño genuino que rehuía cualquier calificativo. Mientras se abrazaban una última vez, Charlotte dio un respingo de repente. Faltaba algo. El latido del corazón de Scarlet. No podía sentirlo. La señal de vida que había atraído a Charlotte cada vez que realizaban el ritual había desaparecido.

—¿Por qué...? Es decir, ¿cómo es que estás aquí? —tartamudeó, reuniendo el valor suficiente para preguntar.

La sonrisa se esfumó del rostro de Scarlet y sus ojos adquirieron una mirada perdida. Scarlet miró a Charlotte y luego a Maddy, buscando la aprobación de Charlotte para hablar libremente delante de una extraña.

—Soy Maddy —dijo Matilda, tendiendo la mano a modo de presentación—. Tú debes de ser Scarlet.

Scarlet le tendió la suya sin demasiado entusiasmo. Le llamó la atención algo en su voz, como si ya la hubiese escuchado antes, pero Scarlet no podía situarla del todo.

—No te preocupes —dijo Charlotte detectando el reparo de Scarlet—. Maddy es mi compañera de habitación.

—Y también somos amigas —agregó Maddy, con excesivo ímpetu a gusto de Scarlet.

—Sabe quién eres porque le he hablado de ti —añadió Charlotte, tratando de restar tensión al momento.

—No te preocupes, sólo me ha contado cosas buenas —dijo Maddy con una risita nerviosa, dejando a Scarlet preguntándose por qué no iba a ser así.

Charlotte reparó en la expresión de asombro del rostro de Maddy. Parecía más preocupada que amenazada por la llegada de Scarlet.

—¿Así que esto es el paraíso, eh? —dijo Scarlet rozando a Maddy al pasar para contemplar el nuevo hogar de Charlotte. Caminó hacia los grandes ventanales que daban a la explanada de cemento y al semicírculo de adosados idénticos de más abajo. Desde aquella perspectiva aérea el conjunto se le antojó más aún del Telón de Acero que lo que le había parecido a nivel del suelo. A Scarlet se le ocurrió pensar que si aquel lóbrego y corriente escenario era «arriba», prefería no pensar en cómo sería el lugar al que Petula se encaminaba sin remedio.

—¿Scarlet? —preguntó Charlotte, temiéndose que ésta hubiese sufrido algún daño—. ¿Estás…?

—Estoy aquí de manera voluntaria —respondió Scarlet.

A Charlotte le alivió momentáneamente escuchar aquello. Estaba feliz de ver a Scarlet, pero también por completo confundida.

—¿Suicidio, eh? —dijo Maddy entre dientes, mirando de arriba abajo el atuendo de Scarlet.

A juzgar por la expresión de sus caras, Maddy supo al instante que Charlotte y Scarlet no encontraban en absoluto divertidas sus ocurrentes comentarios. Decidió entonces que mejor sería cerrar la boca y escuchar en lugar de intentar forzar una conversación a tres prematuramente.

—No estoy *muerta* —dijo Scarlet, que se imaginó clavando alfileres invisibles a Maddy, como si de una muñeca vudú sobrenatural se tratase—. Al menos no todavía, espero.

—¿Por qué, entonces? —Charlotte empezaba a caer en la cuenta del evidente riesgo que Scarlet había decidido correr.

—Para encontrarte —confesó Scarlet—. Eres la única que puede ayudarme.

La inquietud de Charlotte fue creciendo conforme empezaba a temerse lo peor. ¿Qué podía ser tan terrible como para convertirla a ella —una adolescente muerta desde ya hacía tiempo, un espíritu vagabundo con un pasado, presente y futuro inciertos— en la única tabla de salvación?

—¿Le pasa algo a Damen? —preguntó Charlotte, dudando de si realmente quería escuchar la respuesta.

Incluso después de tanto tiempo, era la primera persona que le vino a la mente. A pesar de haber tenido que renunciar a él, nunca había renunciado del todo a su recuerdo.

—No —dijo Scarlet, reparando en la añoranza que reflejaban los ojos de Charlotte—. Es Petula —respondió dejando que la cruda realidad brotara de sus labios por primera vez—. Se… muere.

Las palabras de Scarlet cayeron sobre Charlotte como los ladrillos sueltos de un alto edificio. Mientras vivía, Petula había sido la heroína de Charlotte, y se supone que los héroes son invencibles. Charlotte había sido desdichada toda su vida, y su propio destino, por triste que fuera, no era sino una parte de esa mala racha. Petula, por el contrario, era una ganadora, y a los ganadores nunca les pasaba nada malo. El estado de Petula la preocupó, pero Charlotte se encontró con que la inquietaba más la decisión de Scarlet de cruzar al otro lado.

—¿Cómo has llegado hasta aquí? —preguntó fríamente, con mucha más calma de la que sentía.

—Hice el conjuro yo sola —empezó Scarlet—, recordando nuestra primera vez, recordándote…

A Charlotte se le ocurrió de pronto que podía ser que su reciente deseo de regresar y la insatisfacción hacia su nueva vida-entre-comillas podían ser un efecto secundario del intento de Scarlet de sintonizar con ella. El recuerdo de la experiencia debería de haberle resultado agradable, pero la reacción de Charlotte fue de pánico.

—Si tú estás aquí —empezó—, ¿dónde está el *resto* de ti?

—En el hospital —contestó Scarlet tímidamente—. Supongo.

—¿Cómo que lo supones?

—Damen intentó detenerme —explicó Scarlet—, pero ya sabes cómo soy.

Charlotte sabía de sobra cómo era. No le costó imaginarse a Damen planteando sus dudas y a Scarlet ignorándole por completo. Su furia, no obstante, se disipó en un abrir y cerrar de ojos, para dar paso a un sentimiento de profundo respeto hacia el deseo de Scarlet de arriesgar su vida para salvar a su hermana, a pesar de su tempestuosa relación, y sintió que era compromiso suyo salvarlas a ambas.

12

Muere joven, consérvate guapa

Una vez muerto, tienes la vida solucionada.
—Jimi Hendrix

Sólo los buenos mueren jóvenes.

Siempre que un estudiante encuentra la muerte prematura en un accidente terrible, en un arbitrario acto de violencia o en una enfermedad rara sin tratamiento, profesores, amigos y familia le elevan al instante a la condición de alumno de valía, en auténtica promesa —lo fuese o no—. No se le recuerda como un estudiante mediocre fallecido en un accidente; en su muerte se le transforma por obra de magia en un destacado estudiante modelo de honor. Necesitamos que las vidas perdidas tengan un significado. Es una reconfortante y vana ilusión, en realidad. Una patraña mortal. Lamentablemente, uno no está allí para apreciarlo.

Atrapadas en la oficina de altas médicas, Petula y Virginia, para bien o para mal, empezaban a trabar conocimiento la una de la otra.

—Envejecer no es nada malo —susurró Virginia inclinándose hacia Petula.

—Tampoco es nada bueno —dijo Petula con un gesto de asco, como si su perro se acabase de cagar en la cocina—. Se te arruga y se te cae todo.

—Hay mucha gente que se sentiría afortunada si pudiese envejecer —dijo Virginia casi sombríamente—. Es un regalo.

Petula le clavó una mirada penetrante. La ingenuidad de aquella pequeña sabihonda le hacía hervir la sangre, pero se contuvo al ocurrírsele que, tal vez, había topado accidentalmente con un momento de su vida en el que ejercer de veras su magisterio. Con las Wendys y las otras chicas del instituto ejercía de icono más que nada, era el modelo a seguir. Imponía su liderazgo dando ejemplo. En cuanto a Scarlet, bueno, con ella no tenía nada que hacer. Pero la de ahora se presentaba como una oportunidad para impartir su sabiduría, para inculcar su particular filosofía a toda una nueva generación, y para cuya consecución se valdría de la pequeña Virginia como mensajera.

—No, es trágico. La juventud sí que es un regalo —arguyó Petula, admirando su cuerpo serrano—. Pregúntale a cualquier persona mayor.

—Qué intolerante —replicó Virginia dando muestras de una madurez sorprendente—. ¿Y qué hay de la sabiduría?

—Prefiero estar buena a ser sabia —dijo Petula—. No quiero convertirme en una de esas personas que recuerdan los días de su juventud como sus días de gloria.

—No todo el mundo es tan infeliz consigo mismo —contestó Virginia—. Hablas por hablar.

—Pues no me creas si no quieres —espetó Petula con indiferencia—. Sólo tienes que leer los sondeos de los folletos de supermercado.

Petula consumía estos artículos compulsivamente, no porque le importase lo que pensaran los demás, sino más bien porque solían revelar las inseguridades de la gente, debilidades de las que ella podía sacar provecho.

—Yo también he leído encuestas —respondió Virginia—. Como una que preguntaba a la gente qué cambiaría en sus hábitos si le quedasen tan sólo unos meses de vida.

—¿Y? —preguntó Petula, disimulando su curiosidad.

—Pues nada —dijo Virginia—. La mayoría de la gente no los cambiaría en nada. Nada de irse de compras por la Quinta Avenida, ni de crucero alrededor del mundo ni someterse a cirugía plástica.

—No me extraña —dijo Petula con frialdad.

Virginia pareció sorprendida y pensó que tal vez había conseguido socavar mínimamente la resistencia de Petula.

—No tendría sentido —explicó Petula—. La hinchazón apenas habría desaparecido a los seis meses.

Decir que Virginia estaba exasperada es poco, aunque cabe reconocer que empezaba a admirar la coherencia de Petula.

—¿Y qué me dices de cambiar solamente quién eres? —insistió Virginia como último recurso de su argumentación—. Por dentro.

—La mejor manera de cambiar quién eres —contestó Petula de forma tajante— es recurriendo al Photoshop.

—Ya verás, vas a ser una de esas quiero-y-no-puedo que merodean por el centro comercial tratando de encajarse ropa de talla infantil con el logotipo de tu tienda favorita impreso de un lado a otro de tu culo de mediana edad —dijo Virginia con inquebrantable confianza en sí misma.

El rostro de Petula adoptó el modo salvapantallas para protegerla de la crudeza y el realismo del futuro que se estaba imaginando. Se sacudió la idea y prosiguió con lo suyo.

—¿No te has fijado nunca en los pies de la gente mayor? —preguntó ofreciendo una visión sorprendente—. ¿También quieres eso?

—Mira quién fue a hablar —contraatacó Virginia, bajando la vista hacia el dedo gordo y la chapucera pedicura de Petula.

—Lo que digo —recalcó Petula— es que nadie va por ahí buscando la Fuente de la Vejez.

—Si haces que tu vida gire en torno a la apariencia física, entonces sí, reconozco que tienes razón —dijo Virginia insidiosamente—. Pero no sé si estoy preparada para toda una generación de abuelas con las tetas más grandes de la historia.

—Todo el mundo hace girar su vida en torno a la apariencia física —replicó Petula—. Ya sea sacando provecho de su propio atractivo para conseguir lo que desea o bien haciendo dinero para rodearse de gente atractiva. Nadie quiere ser feo ni viejo. La vida es una pasarela.

—No hace falta que me lo cuentes —murmuró Virginia.

—La gente prefiere que se la envidie a que se la respete —prosiguió Petula—. Quiere acaparar la atención, por cualquier motivo, ya sea bueno o malo, y hará cualquier cosa para conseguirlo.

—O exprimirá la vida de otro para conseguirlo —dijo Virginia de forma críptica.

—Oh, por favor, no me vengas ahora haciéndote la víctima y echándole la culpa de tu desgraciada vida a tu malvada madre manipuladora —escupió Petula sin compasión—. ¡Toda esa comedura de coco es como un falso positivo en un test genérico de embarazo!

—¿Eh? —dijo Virginia, que no tenía ni idea de qué estaba diciendo Petula.

—Cuando te da positivo la primera vez, te disgustas y vas llorando con tus penas a tus amigas —le aclaró Petula—. Luego te lo vuelves a hacer y da negativo. Te quedas de lo más aliviada, pero en el fondo te llevas un chasco.

—Tú sigue, no te cortes —dijo Virginia sarcásticamente.

—Desprecias toda esa historia de los concursos de belleza porque te obligaron a hacerlo y porque ahora lo tienes superado y no sé qué chorradas más —continuó Petula, resumiendo—.

Pero una vez te presentaban, la gente empezaba a aplaudir y querías ganar, ¿a que sí?

—Pues claro, todo el mundo prefiere ganar. Es así como nos educan —dijo Virginia—. De lo que se trata es de conseguir la recompensa.

—¿Y por qué se te recompensaba? —preguntó Petula interrumpiéndola—. Pues por tu aspecto. Por tu juventud.

—Qué asco.

—Así es la vida —sentenció Petula—. Uno tiene que afrontar las cosas como son y no aferrarse a cómo desearía que fuesen. A veces, Virginia —sermoneó—, no queda más remedio que aceptar la realidad.

—Ya, pero sigo pensando que la vejez es un regalo —dijo Virginia, resistiéndose a dar su brazo a torcer.

—¿Ah, sí? Pues espero que sea un regalo con derecho a devolución —bromeó Petula.

Además de matar el tiempo, el rifirrafe evitó que Petula y Virginia se percatasen de que en tanto su discusión se hacía más y más acalorada, la temperatura de la habitación había vuelto a descender. Ambas se sentían cada vez más asustadas, pero eran demasiado orgullosas para expresar en voz alta lo que en realidad estaban pensando. Algo no iba bien. Nada bien.

Las dos amigas apenas si habían dejado de hablar desde la llegada de Scarlet y estaban acurrucadas en la litera de Charlotte, al más puro estilo hoy-duermo-en-casa-de-mi-mejor-amiga, charla que te charla, esperando a que amaneciera. Maddy se había tapado la cabeza con una almohada, pero ni aun así logró ahogar por completo el sonido de sus voces.

—Es increíble por lo que has pasado para llegar hasta aquí —dijo Charlotte maravillada.

—Bueno, supongo que se podría decir que me *moría* por verte —bromeó Scarlet, tan amante del humor negro.

—¿Has estado en Muertología?

—Sí, pero era una clase completamente diferente, con otros alumnos y otro profesor —explicó Scarlet—. Nadie sabía quién eras.

—¿En serio? —preguntó Charlotte un tanto decepcionada.

—Pero les hablé de ti.

Sonrió a Charlotte, sabiendo que era eso lo que en el fondo quería escuchar, y Charlotte le devolvió la sonrisa alegrándose de que Scarlet lo supiera.

—Esos chicos y chicas se portaron muy bien conmigo. Me hizo sentir mal tener que arrastrarlos en toda esta historia —confesó Scarlet.

—Por lo que parece, no lo suficientemente mal —añadió Maddy.

—Pero estaba claro que no me podía quedar —continuó Scarlet, ignorando la puya proveniente de la litera de abajo—. Tenía tanto miedo a quedarme atrapada allí.

—Vamos —interrumpió Maddy—, que te echaron a patadas como a quien se cuela en una fiesta.

—No —dijo Scarlet—. Hice una solicitud de Decisión Anticipada y aquí estoy.

—Muy astuta —dijo Charlotte, alabando el desparpajo con el que Scarlet se movía en el mundo de los espíritus.

—¿Me estás diciendo que te aceptaron? —preguntó Maddy con cierta envidia.

—Sí —dijo Scarlet con orgullo—. Estoy graduada, igual que vosotras, salvo que no estoy muerta ni nada de eso.

—Y yo sólo he conseguido esta cutrez de camiseta —murmuró Maddy.

Charlotte decidió distender el ambiente un poco y recondujo la conversación a un terreno menos controvertido.

—¿Y qué me dices de Hawthorne? —preguntó Charlotte con vehemencia—. ¿Se acuerda allí alguien de mí?

Charlotte sintió un cosquilleo en el estómago, similar al que se experimenta en una montaña rusa. Estaba convencida de que la recordarían, por lo menos durante un semestre o así. Pero se preparó para escuchar los detalles de su irrelevancia.

—Al principio fue un poco raro —explicó Scarlet—. Nadie quería reconocer que había pasado realmente.

—Mejor ser un famoso venido a menos —agregó Charlotte— que un quiero y no puedo.

—Pero entonces —Scarlet hizo una pausa para dar más efecto a sus palabras—, colocaron tu necrológica en la vitrina del vestíbulo, al lado de los alumnos distinguidos, delegados de clase, antiguas reinas del Baile de Bienvenida, deportistas seleccionados para representar al Estado, *geeks* de la Feria de Ciencias y otras criaturas repugnantes.

—Viniendo de ti —se rió Charlotte—, me lo tomaré como un cumplido.

Charlotte estaba que no cabía en sí de gozo con la noticia de su póstuma fama, mientras Scarlet seguía dale que te dale contándole cómo personas que ni siquiera la habían conocido contaban su historia con cariño y familiaridad. Cómo, en las semanas inmediatamente posteriores a su muerte, la gente se fundía de manera espontánea en abrazos multitudinarios en los pasillos para reconfortarse los unos a los otros, como si no tuviesen otra salida que sobrevivir juntos a esa tragedia. Como si antes de que ocurriera aquel suceso no hubiesen estado al tanto de que la gente podía morir, y se acabasen de enterar de que también ellos eran mortales. Se repartieron lazos negros y se contrataron psicólogos para ayudar a los estudiantes a soportar el duelo por alguien que antes de su muerte no sabían ni que existía. Ella les había dado a todos algo de lo que formar parte.

—Hasta hubo un estudiante que creyó ver tu imagen grabada en uno de esos rollitos que nos dan para el almuerzo en el comedor —se rió Scarlet—. Salió en el periódico del instituto.

Todo esto debería haber animado mucho a Charlotte, pero en lugar de disfrutar simplemente de la celebración de su recuerdo, empezó a sentirse triste y un poco engañada. De pronto se dio cuenta de que le hubiese gustado estar allí para verlo.

Cuando sus risas se apagaron, una extraña tristeza embargó a Scarlet también. No podía dejar de pensar en aquella necrológica que había escrito para Charlotte y en lo cerca que podían estar Petula y ella de necesitar una muy pronto. La posibilidad de un doble funeral se decantaba como lo más probable. La situación era cada vez más absurda y menos divertida.

—Es la primera vez que estamos juntas en tu habitación —señaló Scarlet con nostalgia a la vez que se sentía más próxima a la muerte que nunca.

—*Nuestra* habitación —la corrigió Maddy con acritud.

—No te preocupes —la tranquilizó Charlotte con una sonrisa—. Sólo estás de visita.

Scarlet adoraba el arte que tenía Charlotte de poner al mal tiempo buena cara. Creía a Charlotte y creía *en* ella, como siempre. Tenía que hacerlo. A pesar de la irritante presencia de Maddy, estar con Charlotte la devolvió a una época en la que se sentía segura y en la que todo era nuevo y emocionante. Ahora había llegado el momento de poner a prueba esa fe.

—Damen está sentado en esa habitación, esperando —dijo Scarlet angustiada—. Esperando su… mi… regreso.

—Entonces será mejor que te pongas en marcha —sugirió Maddy.

—Scarlet, ¿todo esto lo haces por Petula…? —preguntó Charlotte—, ¿… o por Damen?

—No, bueno, no sé, podría ser —dijo Scarlet de forma esquiva, pues ni ella misma conocía la respuesta—. No ha pasado mucho por casa desde que empezó las clases, y ahora aparece de pronto, coincidiendo con el grave estado de Petula.

—Pues sí que da que pensar —intervino Maddy.

—Dice que es porque quería llevarme al Baile de Bienvenida —explicó Scarlet un poco a la defensiva.

—¿El Baile de Bienvenida? —caviló Charlotte en voz alta, haciendo grandes esfuerzos para impedir que en su mente volvieran a rondar las vanas ilusiones de antaño.

—Últimamente no conectamos tanto como solíamos —se quejó Scarlet, mostrándose a los ojos de Charlotte con una vulnerabilidad desconocida—. Es como si viviéramos en dos mundos aparte.

Charlotte sabía, de primera mano, lo que era estar en un mundo aparte. No pudo evitar pensar que tal vez fuera ella de quien se había enamorado Damen en realidad, pero al instante se sintió culpable por permitir siquiera que la idea se le pasara por la cabeza. Maddy permanecía en silencio, reuniendo información y escuchando atentamente cómo las dos chicas desembuchaban cuanto llevaban dentro.

—¿Te llama por teléfono? —preguntó Charlotte con curiosidad.

—Sí, claro, pero no es suficiente, ¿sabes?

—¿Y sabe él cómo te sientes?

—No. Y tampoco sé realmente cómo se siente él —dijo Scarlet con evidentes signos de frustración.

—El amor es un campo de batalla —interfirió Maddy sin poder contenerse.

La conmiseración de Damen por Petula era algo que sacaba a Scarlet de sus casillas, y la crisis de comunicación que ambos experimentaban hacía mucho más difícil que Scarlet pudiese leerle el pensamiento. Ella sabía que la razón principal de buscar a Charlotte era la de ayudar a Petula, algo que no estaba ansiosa por reconocer, pero Charlotte apuntaba a otra cosa. Recuperar a Petula, salvar su vida, volvería a centrar la atención de Damen en Scarlet por completo. Y eso era algo que se resistía a hacer, sobre todo delante de Maddy.

—Francamente —dijo Scarlet de manera poco convincente—, me parece que sólo quiero recuperar a Petula para que vuelva a convertir mi vida en un infierno.

Charlotte sonrió. Podía ver a través de los mecanismos de defensa de Scarlet y leer directamente lo que decía su corazón.

—Todo esto es tan extraño, ¿verdad? —dijo Scarlet, abarcando con la mirada cuanto la rodeaba y el rostro amable que tenía delante—. Que yo esté aquí.

Era extraño, pero muy grato. Charlotte estaba encantada de verse mezclada de nuevo en los cotilleos de Hawthorne, aun en tan difíciles circunstancias. No se había sentido tan bien desde que cruzara al otro lado. Se habían puesto casi totalmente al día sin tan siquiera abordar el que a todas luces era el asunto más importante de todos: ¿cómo, exactamente, iba Charlotte a echarle una mano?

Maddy, actuando como la voz de la razón, se coló de nuevo en la cálida y confusa escena.

—Aquí no hace más que perder el tiempo, Charlotte —advirtió Maddy—. No puedes ayudarla.

—¿Y tú qué sabes? —replicó Charlotte en un tono sorprendentemente cortante—. Tal vez esté aquí por alguna razón. Tal vez sea éste *mi* reencuentro.

Maddy se limitó a poner los ojos en blanco. Charlotte también sabía que no era así, pero se permitió un momento de egoísmo dadas las circunstancias.

—Si permanece aquí más tiempo, es probable que lo acabe siendo —dijo Maddy, recordándole fríamente que el tiempo no corría precisamente a favor de Scarlet.

A Scarlet le complació comprobar que Charlotte conservaba el arrojo que exhibiera la noche del Baile de Otoño, pero Maddy no andaba desencaminada. Aunque en ese momento pocas cosas le apetecían más que quedarse y charlar con Charlotte, lo cierto era que todavía había algo prioritario, la razón por la que estaba allí. No obstante, anduviese desencaminada o no, Scarlet empezaba a abrigar la clara impresión de que Maddy trataba de deshacerse de ella y no precisamente por nada que tuviese que ver con la búsqueda de Petula.

—Creo que ella debería marcharse —le dijo Maddy a Charlotte de modo tajante, luego se volvió y se dirigió a Scarlet directamente—: No es nada personal, Scarlet, pero Petula no está aquí *todavía,* y éste tampoco es tu sitio. Todavía.

—¿Has dicho que estaba en coma? —preguntó Charlotte, ignorando a Maddy.

—Sí.

—Bueno, pues si no está muerta del todo —especuló Charlotte—, tal vez se encuentre en algún lugar fuera del campus, ya sabes, en una oficina de ingreso, como la del… ¿hospital?

—Menuda tontería —reprobó Maddy—. Morirse no es como esperar turno en un partido de kickball.

—A decir verdad —dijo Charlotte—, se parece mucho a eso.

Maddy se quedó completamente perpleja, pero la expresión de aprobación que adquirió el rostro de Scarlet fue instantáneo. Muertología, la película de orientación, toda la metáfora aquella sobre Billy y Butch, las habilidades especiales y el kickball. Se le ocurrió pensar que era curioso que Maddy no hubiese pasado por eso también. Todo el mundo debía ver la película una y otra vez.

—Tenemos que salir del campus —continuó Charlotte.

—Genial. ¿Cómo? —preguntó Scarlet, ansiosa por coger la puerta e irse ya.

—Charlotte, no puedes volver al mundo de los vivos así por las buenas —la previno Maddy con urgencia—. Ahora tienes un empleo, responsabilidades en la plataforma telefónica.

—Te refieres a que podría perderme una de esas llamadas que nunca recibo —dijo Charlotte con sarcasmo, pero entendiendo, no obstante, que las consecuencias de aventurarse a lo desconocido podían ser muy peligrosas—. Estoy convencida de que puedes atenderlas por mí.

El malestar que le había producido el gesto de Maddy al contestar su llamada en el trabajo días antes había estado reconcomiendo a Charlotte, y le pareció que éste era un momento tan bueno como cualquier otro para hacérselo saber.

—No quiero que hagas nada que pueda perjudicarte —dijo Scarlet sintiéndose culpable y esperanzada a la vez ante la perspectiva de poder dar finalmente con la solución—. Tú señálame el camino y yo seguiré sola.

—No. Nuestra labor es ayudar a adolescentes con problemas, ¿no es así? —dijo Charlotte tajantemente, mirando a Maddy—. Tú eres una adolescente con problemas y yo voy a ayudarte.

—¿Es que no te acuerdas de todo lo que hemos hablado sobre las buenas obras? —dijo Maddy fuera de sí, cogiendo a Charlotte de sus escuálidos hombros en un desesperado último intento por hacerla entrar en razón—. ¿De lo inútiles que resultan? ¿De la pérdida de tiempo que suponen?

—Sí, y también recuerdo haberte dicho que haría *cualquier* cosa por Scarlet —dijo Charlotte con firmeza, mirando a Maddy a los ojos—. Scarlet necesita que la acompañe.

—Y yo necesito que te quedes —agregó Maddy.

A Charlotte le costó un poco procesar lo de que la «necesitaba», por no decir que la irritó bastante. En otras circunstancias, habría disfrutado escuchando a Maddy reconocer de aquella manera su vulnerabilidad, los celos que aparentemente le causaba la visita de Scarlet, pero no era eso lo que acababa de suceder. No era necesidad en el sentido de deseo lo que Maddy acababa de expresar; más bien parecía necesidad en el sentido de *obligación.*

—Y yo necesito que no te metas en mis asuntos —espetó Scarlet.

Charlotte estaba harta de que Maddy se metiera por medio, pero lo cierto era que se había portado como una verdadera amiga desde que llegaran, y resultaba más que comprensible que Maddy se sintiera amenazada por su relación con Scarlet.

—¿Por qué no te apuntas? —sugirió Charlotte—. Podrías sernos de ayuda.

—Lo siento, Charlotte —dijo Maddy—, pero no pienso arriesgarlo todo yéndome, y tú tampoco deberías.

Scarlet se limitó a fruncir el ceño como si ya se lo esperase. Maddy no le parecía la clase de persona que se sacrificaría por cualquier razón.

—Nadie ha dicho nunca que no nos podamos ir —contestó Charlotte de mala manera—. Al menos no técnicamente.

En ese instante sonó el teléfono del apartamento, y Maddy, haciendo gala de las habilidades adquiridas en la plataforma, se abalanzó hacia el aparato para contestar.

Volvió la espalda a las chicas y asintió unas cuantas veces, pero ni Charlotte ni Scarlet lograron oír una sola palabra de lo que decía. Es más, no se enteraron de que la conversación había acabado hasta que Maddy colgó el auricular y se volvió con una expresión mucho más alegre cubriéndole el rostro.

—Oye, Charlotte, ¿tienes un momento? —preguntó a la vez que la agarraba de su esquelética muñeca y la arrastraba al otro extremo de la habitación—. Verás, al principio pensaba que esta historia era una mala idea, con tanta carga de trabajo como tienes y todo eso —pió Maddy—, pero sé lo triste que has estado, y regresar, bueno, ya sabes, quizá tenga sentido para ti —continuó Maddy—. Lo que quiero decir es que esa hermana tan perfecta y popular de Scarlet está ahí tumbada, vulnerable y vacía, y tú eres probablemente la única que puede ayudarla en este momento.

—Entonces, ¿vas a ayudarme? ¿Lo dices en serio? —preguntó Charlotte.

—Para eso están las amigas, ¿no? —afirmó Maddy, y dio media vuelta y sonrió a Scarlet de oreja a oreja.

13

Sombra de duda

Detrás de una nube siempre hay otra.
—Judy Garland

No confíes en quien te diga «confía en mí».

La confianza no se regala. En toda relación es lo que más cuesta ganarse y lo que antes se pierde. Es más, sólo hay una cosa peor que el «ya no te quiero», y es el «ya no confío en ti». Lo primero atañe al otro. No se puede hacer nada respecto a un cambio en el sentir del corazón. Lo segundo te atañe a ti, y a nadie más que a ti.

Charlotte, Scarlet y Maddy llegaron al perímetro vallado del campus cuando el alba luchaba por abrirse un hueco en el cielo encapotado. Contemplada de cerca, la barrera parecía algo más alta de lo que esperaban, si bien no particularmente formidable. No había guardias que evitar ni pasos que franquear; tan sólo una solitaria videocámara idéntica a las de la oficina.

Charlotte gesticuló como si trepase, y Scarlet y Maddy comprendieron al instante. Escalar, e incluso saltar por encima, era la parte más sencilla, pensó Charlotte. Lo del otro lado ya era otra cosa. Resultaba imposible ver mucho más allá de la valla, incluso desde su apartamento. Además, ninguna de ellas había llegado por esta vía, de modo que lo que había al otro lado era, poniéndose en lo mejor, desconocido. Poniéndose en lo peor, bueno, ninguna quería especular.

—Vamos a ver a Petula… —cantó Charlotte con evidente nerviosismo.

—Espero que no cuentes con que haya un maldito camino de baldosas amarillas que nos lleve hasta allí —dijo Maddy con inquietud.

Charlotte se volvió hacia ellas, se llevó su huesudo dedo a los labios encomiándolas con este gesto universal a que «cerraran el pico», y empezó a trepar silenciosamente. Scarlet y Maddy la siguieron. El descenso por el otro lado era mucho más largo que el ascenso, y más pronto que tarde, el húmedo y frío entorno del campus dio paso al mucho más húmedo y frío y lóbrego bosque en pendiente que descendía a sus pies.

No encontraron ningún camino que se abriera paso entre la niebla y la maleza chorreante, pero había calvas de hierba y luz suficientes para que las chicas pudieran avanzar.

—No parece que nadie haya pasado por aquí... —comentó Charlotte, e hizo una pausa para pensar en la palabra que mejor describiría aquel camino indefinido—. Últimamente.

—Te quedas corta —añadió Maddy con sarcasmo, escudriñando el bosque poco transitado que se extendía delante de ellas.

Scarlet llevaba la delantera, pisoteando la húmeda alfombra de hojas y barro. Para Charlotte era vigorizante, y hasta emocionante, estar allí afuera con sus amigas. Se le ocurrió que tal vez fuera así como se sentiría uno cuando se marchaba a la universidad o empezaba una vida propiamente dicha, repleta de expectativas y esperanza.

Al principio, las chicas compartieron la misma sensación de emoción, Maddy incluida, mientras avanzaban por el bosque, abriendo un camino directamente a través de lo desconocido, las tres juntas sin nadie por allí que les dijera qué hacer o cómo hacerlo. Era como escabullirse en plena noche cuando tus padres ya se habían acostado y tener el mundo entero —y la noche entera— a tus pies, listos para ser explorados.

Scarlet avanzaba con esfuerzo, pensando en lo mucho que se habrían divertido Petula y ella de niñas jugando al escondite en aquel lugar. Pensándolo bien, tal vez fuese justo eso lo que estaban haciendo ahora. Pero ahora había mucho más en juego, y la enormidad de lo que trataban de hacer empezó a calar también en ella.

Marcharon con cautela por la espesura, de la que brotaban zarzas como barrillos en una cara de piel grasa. Los diminutos pinchazos de sus piernas y brazos empezaban a resultar molestos, y cada vez se hacía más difícil ver. No podían saber a ciencia cierta si estaban perdidas o no.

—Esto es una mierda —se quejó Maddy a Charlotte lo suficientemente alto para que Scarlet la oyese.

—Tal vez deberíamos dar la vuelta.

—Yo no —replicó Scarlet, desechando la duda que empezaba también a taladrarle el cerebro—. Vete tú si quieres.

—No sabemos adónde vamos —protestó Maddy—, ni si podremos volver.

—Mira, yo ya tengo suficiente con mis propios problemas —Scarlet hizo una mueca de impaciencia y le recordó a Maddy cuál era su misión y el hecho de que no entrase en sus planes regresar—. Además, te invitaste tú solita.

—He venido para ayudaros, pero si no queréis que os acompañe…

—Basta —dijo Charlotte, cortando el rifirrafe por lo sano—. No nos peleemos.

Si Charlotte había decidido erigirse en tendedora de puentes era por Scarlet, pero en su cabeza albergaba ideas cada vez más encontradas en lo referente a aquella expedición, un conflicto que se agravaba con cada paso que daba. Algo tenía aquel inhóspito lugar que parecía drenar su entusiasmo y agriarle el ánimo.

No se debía solamente a lo penoso del camino y sus exigencias físicas. Notaba cómo también iba debilitándose más y más psíquicamente, cómo su confianza empezaba a encogerse como un jersey barato en una secadora. Por decaída que hubiese estado últimamente, esta aventurilla no hacía más que demostrar que las cosas siempre podían ir a peor. Había echado de menos a Scarlet y sentido nostalgia por los buenos tiempos cuando era la fantasma residente de Hawthorne High, pero tal vez fuera la idea de Scarlet, de su amistad, y no tanto la persona en sí, lo que más había estado echando de menos. Quizá había idealizado su relación hasta el punto de que ésta ya no tenía ningún parecido con la realidad.

Era mucho lo que Maddy y ella arriesgaban por ayudarla, y no parecía que Scarlet lo apreciara en su justa medida. Es más, apenas había echado la vista atrás para comprobar si estaban bien. Los reencuentros de los demás becarios tampoco tenían ni por asomo este lado negativo. Tal vez Charlotte se había visto absorbida de nuevo por todo lo referente a Damen y Petula y había tomado la decisión equivocada.

Maddy se acercó por detrás y apoyó su mano suavemente en el hombro de Charlotte, como si le hubiese leído el pensamiento.

También Scarlet se sentía desfallecer, tanto psíquica como físicamente, conforme su avance se hacía más y más lento. Era evidente que a sus compañeras les pasaba otro tanto, y casi las podía oír culpándola del trance para sus adentros a cada laboriosa zancada. Desde que dejaran atrás el campus, el bosque se había ido tornando cada vez más espeso, todo lo contrario que su piel, la cual parecía volverse más fina con cada paso que daban. Y no era porque ninguna de ellas fuera particularmente sensible, se debía más bien a que tenían los nervios a flor de piel, de un modo insoportable, expuestos a la intemperie por el roce con el agreste paisaje y entre ellas. Es más, las chicas apenas habían mediado palabra desde la estresante agarrada de antes, y Scarlet empezaba a sentirse como el alma discordante en aquel trío espectral.

No hacía falta ser un lumbreras para darse cuenta de que a ella no le gustaba Maddy y viceversa, pensó Scarlet, y que la situación claramente incomodaba a Charlotte. En su defensa, razonó, podía alegar que no era que Maddy le cayese mal, sino que el mero hecho de estar con ellas le resultaba una intrusión.

Tal vez fuera ésta la última oportunidad que se le presentaría para estar con Charlotte, y no quería compartir el momento con una desconocida agresiva. Desde su punto de vista, Maddy había intervenido en sus conversaciones más íntimas y prorrumpido clandestinamente en su amistad. Scarlet no podía sino preguntarse cómo era posible que Charlotte le permitiese hacerlo después de todo lo que habían pasado juntas.

Las cosas estaban adquiriendo un matiz de lo más sombrío, entre las viajeras, y el follaje, y sus teerminaciones nerviosas cuando Scarlet divisó un claro.

Unos pasos más y emergieron de la espesura, justo en la bifurcación de dos caminos claramente marcados, uno cubierto de maleza y poco transitado, y el otro desbrozado y pisoteado.

—Henos aquí —observó Scarlet con sorna—, en la proverbial bifurcación del camino —anduvo hasta la desviación y cerró los ojos, tratando desesperadamente de canalizar su intuición. Estaba esperando a que ésta se revelase en cualquier momento, pero se le ocurrió que debía de estar tomándose un café, porque lo único que sintió fue una parálisis total.

—No tengo ni idea —admitió Scarlet, en una insólita muestra de inseguridad—. La decisión es vuestra.

—Hay que ir a la izquierda —soltó Maddy alegremente, señalando la dirección que debían tomar.

—Estoy de acuerdo —dijo Charlotte igual de decidida. Lo cierto es que no tenía ni idea y se limitó a mostrar lo que fuese que le restaba de fe en su propio juicio para apoyar la elección de Maddy.

—¿Cómo lo sabes? —le preguntó Scarlet, poniendo en duda tanto la sugerencia de Maddy como el juicio de Charlotte. Esta clase de confrontación era un territorio inexplorado para ambas. La confianza siempre había sido el lazo más fuerte entre las dos.

—Lo sé y punto —presumió Charlotte un tanto sospechosamente—. Lo intuyo.

Scarlet trató de guardar la calma, pero con la vida de Petula y la suya en juego, empezaba a costarle horrores. La duda inundaba su mente como el agua en un barco zozobrado. No tenía nada en lo que basar una decisión salvo su fe en Charlotte, y ésta estaba siendo duramente puesta a prueba. Se acercó a Charlotte y le dio otra vuelta de tuerca.

—¿Cuándo fue la última vez que acertaste con tu instinto? —preguntó Scarlet.

—Acerté contigo —dijo Charlotte con calma—. Supe que eras especial, y supe que estabas hecha para Damen —aún le dolía un poco pronunciar esas palabras. Pero lo que Scarlet escuchó en su cabeza sonó completamente distinto. Scarlet escuchó: «Estás en deuda conmigo».

—Sí, bueno, pues todo apunta a que probablemente te equivocaste en ambas cosas —dijo Scarlet.

Charlotte acusó el golpe pero hizo lo imposible por dejarlo pasar. Aquella pelea entre las dos era antinatural, algo así como si un cómico se abucheara a sí mismo. Comprendía que Scarlet necesitaba, y se merecía, una opinión más tajante de su parte, pero en ese momento se sentía incapaz de ofrecérsela. Maddy parecía mucho más segura que ella, pensó Charlotte, y el camino de la izquierda tenía todo el aspecto de ser el más fácil de transitar de los dos, además del más popular.

—Supongo que no hay forma de saberlo hasta después de hacer la elección —dijo Charlotte claudicando—. Pienso que deberíamos ir a la izquierda.

—¿*Tú* piensas? —dijo Scarlet secamente.

Scarlet observó la mueca de dolor en el rostro de Charlotte y se preguntó si acaso estaba siendo poco razonable. Ninguna sabía qué camino tomar. ¿Cómo iban a saberlo? ¿Acaso no se debía su resistencia al mero hecho de que fuera Maddy quien lo había sugerido? Comoquiera que fuese, pensó, la incertidumbre de Charlotte no es que la ayudara precisamente en un momento tan crítico, y estaba más que un poco decepcionada porque su amiga fuera en apariencia tan vulnerable a sus críticas y tan influenciable por Maddy.

—¿A qué esperamos? —preguntó Maddy retando a Scarlet a que tomara una decisión—. Sígueme —ordenó agarrando a Charlotte del brazo y tomando el camino de la izquierda.

Scarlet se fue a la derecha. Sola.

14

Pensamiento mágico

Un paranoico es alguien que tiene
una leve idea de lo que se está cociendo.
—William S. Burroughs

Lo que no mata te vuelve paranoico.

Atrapado en tu propia mente, sin plan de huida, aturdido por la duda y con tus obsesiones como única guía, la realidad da paso a la ansiedad, cambiando de forma más deprisa que un contorsionista de circo. Charlotte y Scarlet empezaban a darse cuenta de que el peor lugar para perderse está en tu propia cabeza.

Los teléfonos sonaban sin parar en el call center y todos andaban bastante inquietos desde que supieron que Charlotte no se había presentado. Trataron de disimular para que el señor Markov no se enterara.

—¿De verdad ha llamado para decir que estaba enferma? —preguntó Pam sin dar crédito.

—Sí —señaló Prue, tapando el auricular e interrumpiendo brevemente la conversación.

—¿Está Maddy con ella? —se dirigió Suzy Scratcher a Kim articulando las palabras sin emitir un solo sonido.

—Aquí no está, desde luego —dijo Kim apresuradamente atendiendo dos líneas telefónicas al mismo tiempo.

Conforme la expresión del rostro de Prue dejó de reflejar incredulidad y se cargó de preocupación, el cotorreo de la sala se fue apagando. Colgó el auricular y dirigió la mirada hacia Pam.

—Tenemos que irnos.

Charlotte observó impotente cómo la agitada melena negra de Scarlet descendía el camino de la derecha y desaparecía, adentrándose en el bosque de nuevo.

—¡Scarlet! —la llamó varias veces sin obtener respuesta.

Maddy la aferró fuertemente del brazo, para evitar que saliera corriendo detrás de ella.

—Yo quería ir a la derecha —murmuró Charlotte apesadumbrada—. Pero vacilé. Es que no estaba segura.

—No te angusties. No va a pasarle nada.

—No lo sabes —se lamentó Charlotte—. Está sola ahí fuera. Probablemente muriéndose de miedo.

—Total, ya está medio muerta.

—No tiene gracia —dijo Charlotte—. Creo que deberíamos darle alcance antes de que la cosa se ponga fea.

—Si de verdad queremos ayudar a Scarlet, deberíamos ir a ese hospital.

Charlotte sabía que dejar a Scarlet sola no era propio de quien se tenía por su mejor amiga, pero retrasar la marcha podía acarrear consecuencias mucho peores para Petula. Scarlet era fuerte, pensó Charlotte, y sabía moverse. Si había alguien capaz de encontrar el camino de regreso a casa, ésa era ella.

Le hizo un ademán a Maddy, contempló el lado derecho del camino, formuló un deseo para que Scarlet tuviera un buen viaje y reanudó la marcha por el lado izquierdo para buscar a Petula.

—¡Viene alguien! —chilló Virginia como si fueran la pareja eliminada de un concurso y estuviesen esperando a que las sacaran a toda prisa de la isla para llevarlas a un hotel de cinco estrellas donde poder bañarse y comer hasta decir basta.

—Pues no —dijo Petula asomándose a las ventanas de cristal de la oficina y escudriñando el pasillo.

Allí no había ni un alma. Ni enfermeras ni médicos ni celadores. Nadie. Pero como no tenía razón alguna para dudar de Virginia, pegó la oreja al suelo y también ella pudo escuchar un débil resonar de pasos.

—No he dicho que haya oído un búfalo.

—Shhh… —dijo Petula, haciendo enmudecer a Virginia y arrastrándola hasta el interior de un pequeño almacén—. Tengo una sensación rara.

Mientras avanzaba por un sendero asilvestrado que discurría entre árboles y arbustos, Scarlet pensó que era como estar en un museo de arte rodeada de cuadros impresionistas. Entendía la composición desde la distancia, pero de cerca se le antojaba poco más que un montón de pintura derramada y salpicada al azar.

No estaba del todo segura de si su mente atemorizada la traicionaba o si por el contrario eran sus ojos los que la engañaban, pero tampoco le importaba demasiado. Además de estar sola, no sabía nada con certeza: ni dónde estaba, ni adónde iba, ni cómo iba a llegar allí.

No era la Scarlet de siempre y lo sabía. Había dejado de serlo cuando brotaron todas aquellas inseguridades con respecto a Damen, y esas dudas habían infectado sus pensamientos, sus decisiones y al resto de sus relaciones.

«Toma las decisiones por ti misma, no por un chico», le había advertido su madre una y otra vez.

Petula nunca la escuchaba, pero qué importaba. Al fin y al cabo, cuando miraba a los ojos de un chico, sólo buscaba verse reflejada en ellos. Pero Scarlet sí que la había escuchado. Al menos hasta hacía muy poco. De nada valía seguir engañándose, no obstante. Salvar a Petula era importante, pero para eso ya estaba el médico. Lo que perseguía era salvar su relación, y esta revelación la avergonzó. ¿Es que todo este drama no había sido, después de todo, más que un intento por su parte de captar su atención o… de conservarla?

Recapacitó sobre la forma en que se había alejado de su única amiga de verdad, y sobre cómo no sólo estaba perdida ahora sino que llevaba perdida bastante tiempo. Estaba alejando a las personas que amaba, consumida por las inseguridades que le servía a la carta su relación con Damen.

No podía hacer otra cosa que confiar en su palabra y creerle cuando le decía que deseaba estar con una única persona: ella. Nunca le había dado razones para pensar que no fuera así, aunque, como había dejado a Petula por ella, Scarlet no podía estar segura del todo. Él argumentaba que jamás había amado a Petula, pero para Scarlet eso podría ser aún peor.

—¿Qué tal están, doctora? —preguntó Damen esperanzado.

—Sin cambios —respondió la doctora Patrick.

La cosa empezaba a resultar un tanto cansina, pero Damen interpretó esta vaga evaluación como una confirmación de que las dos seguían estables. Radiografías de cráneo, tomografías y resonancias magnéticas se exhibían en cajas de luz como anuncios de metro, todas negativas, eso le habían dicho. Ese día no se había producido ninguna crisis. No había hecho falta entubar, inyectar o reanimar a ninguna de las dos.

Se las veía tranquilas, como si descansaran cómodamente, con la salvedad del tubo de drenaje inserto en el dedo infectado de Petula y los manguitos que lucían ambas en los tobillos para prevenir la formación de coágulos, que no es que hicieran mucha gracia. El inflado y desinflado intermitente de los manguitos se había convertido en una fuente de consuelo para Damen, que se entretenía jugando a sincronizar su respiración, marcando el paso al ritmo de la salida y entrada de aire.

Damen se aproximó a un lado de la cama de Scarlet y golpeó accidentalmente la mesa abatible sobre la que reposaban un ramito de flores, que él mismo había comprado en la tienda de regalos del hospital, y una jarra de agua. Reparó en que el agua derramada estaba formando un charco que amenazaba con alcanzar la linternita que la doctora Patrick se debía de haber dejado allí olvidada durante la exploración. Damen rescató el artilugio, se sentó al lado de Scarlet y empezó a juguetear con la luz, encendiéndola y apagándola, tratando desesperadamente de dar con la forma de traerla de vuelta.

La situación empezaba a desbordarle incluso a él. Todo aquel especular, observar, preocuparse y esperar. Era demasiado pasivo. Se sentía abotargado y necesitaba despejar la cabeza. Se fue hasta el control de enfermeras de la planta y preguntó por la niña que había visto antes.

—¿Qué le ha pasado? —preguntó en voz baja, para no molestar a la familia.

—Un accidente de coche —dijo la enfermera levantando la vista de sus papeles—. Al parecer regresaba de un concurso de belleza o algo así… la pobrecita.

Un torbellino de ideas se arremolinó en la mente de Damen. Imaginó lo feliz que debía de haber estado la niña, toda arregladita, y lo orgullosos que estarían los padres. Y entonces en un segundo, sin previo aviso, todo les había sido arrebatado. Y al mismo tiempo no pudo evitar pensar en algo trivial. Esperaba que hubiese ganado.

—¿Cómo está? —preguntó Damen temiéndose conocer ya la respuesta.

—Ahora ya no hay nada que nosotros podamos hacer —le informó amablemente la enfermera—, salvo rezar.

Damen dejó que esas últimas palabras calasen en su interior, sobre todo en lo que atañía a su propia situación. Se detuvo junto a la puerta de la habitación de la niña, rezó en silencio una plegaria por ella y regresó a la habitación de las hermanas Kensington, decidido a abandonar su pasividad.

15

Tan bonita y tan vacía

Un narcisista es alguien más guapo que tú.
—Gore Vidal

Un poco de vanidad cunde mucho.

Hay gente convencida de que todo cuanto hace es genial y de que su aspecto es siempre fabuloso, por mucho que no sea así. Tienen esa capacidad de convertirse en animadoras de sí mismos, aun cuando el suyo sea el equipo perdedor. Los narcisistas truecan realidad por fantasía. Pero no es que sufran un trastorno de la personalidad, es que son un producto de su propia cosecha. El único mundo que importa es el que tú te has creado, aquel en el que eliges vivir. Petula lo sabía desde hacía mucho tiempo.

Tengo una pregunta… —dijo Virginia mientras observaba cómo Petula se recogía el largo pelo rubio teñido en un perfecto nudo desmañado.

—Yo más.

—¿Por qué llevamos camisones de hospital? —preguntó Virginia, ignorando por completo la arrogancia de Petula.

—Pues la verdad es que no lo sé. Pero es evidente que menos es más, ¿a que sí?

—Hablo en serio.

—Está bien, en serio —dijo Petula sarcásticamente—. ¡Llevamos camisones de hospital porque estamos en un hospital!

—¡Mira qué lista! —se burló Virginia—. Lo que pregunto es *por qué*. No recuerdo que estuviera enferma.

Pensándolo bien, Petula tampoco recordaba nada parecido. Es más, de lo único de lo que se acordaba era de haberse desmayado en el paseo de entrada, pero eso no era algo que tuviese previsto discutir con aquella chiquilla. Supuso que lo más probable era que Scarlet la hubiese arrastrado, de mala gana, hasta la cama, pero tampoco podía jurarlo, y no recordaba que la hubiesen llevado al hospital para hacerle un lavado de estómago ni nada por el estilo.

—No importa cómo llegara hasta aquí —dijo Petula, esquivando por completo la pregunta—. Tengo seguro médico.

—Pero ¿por qué estamos aquí solas?

—No estamos solas —recalcó Petula—. La enfermera vendrá a darnos el alta enseguida.

—¿Cómo estás tan segura? Llevamos esperando un buen rato.

Las preguntas de Virginia estaban poniendo muy nerviosa a Petula. No sólo porque no conocía las respuestas sino porque eran las mismas que ella se había estado haciendo desde que llegó.

—Hemos oído pasos, ¿no?

—Sí —reconoció Virginia, cuya fachada de fiereza se transformaba ahora en unos labios temblorosos—. Pero ¿y si no eran los pasos de las enfermeras?

Ella no había contemplado del todo esa posibilidad hasta ese momento, y la repentina expresión de temor que adquirió su rostro la traicionó delante de Virginia.

Petula no era excesivamente dada a las muestras de cariño ni tampoco es que se le diera muy bien el contacto visual. Se diría incluso, y de hecho a esa conclusión habían llegado algunos terapeutas, que padecía el síndrome de Asperger, una forma leve de autismo que convertía para ella cualquier tipo de interacción social en… un reto.

Pero a decir verdad las razones de su comportamiento no eran ni por asomo tan interesantes ni trascendentes. Ello quedó probado cuando, a los cinco años, y después de haber sido erróneamente diagnosticada con trastorno de déficit de atención, se pasó tres horas en el centro comercial tratando de decidir qué zapatos serían los más apropiados, si color coral o naranja óxido, para el primer día de preescolar.

—Tú no te preocupes —tranquilizó a Virginia como sólo ella sabía hacerlo—, estaré en el Baile de Bienvenida así muera en el intento.

—Scarlet —imploró Damen, proyectando en sus ojos el estrecho rayo de luz de la linterna láser que la doctora Patrick se había dejado olvidada—. Vuelve, por favor.

Le abrió los párpados con suavidad y examinó sus pupilas con mucha atención buscando alguna reacción. No podía dejar de pensar en lo contenta que se ponía cada vez que le veía. En cómo conseguía siempre que los ojos de ella se iluminaran con sólo pronunciar su nombre, pero ahora no eran más que un par de fosos oscuros.

Frustrado, arrojó la linterna al suelo y cogió la lamparilla enganchada por una pinza a la cabecera de la cama de Scarlet. La acercó hasta su cara y enfocó con su luz los ojos de ella hasta que el interior de su nariz se iluminó con un resplandor naranja.

—Por favor, Scarlet —suplicó mientras se le quebraba la voz—. Vuelve. *Vuelve a mí.*

Atrapada en medio de ninguna parte, literalmente, sin un solo amigo a la vista y sintiendo que la muerte estaba cada vez más próxima, Scarlet trataba con todas sus ganas de canalizar su antiguo yo. No es que hubiese sido nunca particularmente alegre o animada, pero siempre se había ufanado de su determinación, su rebeldía y su vena independiente. En ese momento andaba un poco escasa de estas cualidades, y no tenía demasiadas esperanzas de poder reponer su stock antes de la liquidación final. No obstante, todavía le quedaba el orgullo suficiente para contener las lágrimas que sentía empezaban a anegarle los ojos, tratar de reagruparse y hacer lo que estuviese en su mano para encontrar el camino de regreso al hospital.

Se apartó el pelo de la cara, alzó la cabeza de la guarida entre sus brazos y, mirando a lo lejos a través de la maraña de ramas desnudas, vio una luz. No lograba adivinar qué era exactamente, pero sabía que no podía ser la luna ni tampoco una estrella rutilante: estaba demasiado estática para serlo. Fuera lo que fuese, sintió que debía caminar hacia ella, y recorridos unos cuantos metros el haz de luz se tornó en un destello cegador. Iluminó cuanto había a su alrededor, y lo que es más importante, le desveló un desvío que antes había pasado por alto.

Emprendió la marcha por el nuevo camino, sintiéndose tan perdida como antes, hasta que empezó a oír un crujido de palos y ramitas al romperse.

—¿Charlotte? —llamó con reticencia, deseando con todas sus fuerzas que su amiga hubiese acudido a rescatarla.

—¿Charlotte? —respondió una voz débilmente.

Scarlet se quedó petrificada. No era Charlotte, pero tampoco el eco. Es más, no era su voz ni mucho menos. Aquel bosque tan oscuro ya resultaba de por sí bastante siniestro, pero ahora empezaba a tomar un cariz completamente aterrador. Scarlet escuchó el estrépito de unos pasos que corrían hacia ella, y le entró el pánico. Aquella luz tan brillante debía de ser una trampa, y ella había caído en ella, como una novata.

Hizo lo imposible por no caerse, gritando con desesperación como una de esas víctimas con tacones de aguja de las películas de terror de serie B; no es que hubiese querido nunca acabar así, pero qué importaba ya. Sintió que algo la agarraba del tobillo y la derribaba al suelo como a un ternero en un rodeo. Algo en la forma en que la agarraban le resultó vagamente familiar.

—Oh, no —se quejó la voz por encima de ella—. Otra vez no —fue cuanto pudo escuchar Scarlet mientras su cara se hundía en el lodo y su cuerpo era volteado hasta quedar boca arriba. Ella apretó los ojos, esperando el hachazo.

Scarlet estaba paralizada; sus piernas, insensibles, como si acabara de recibir la descarga de una de esas pistolas eléctricas.

—¿Prue? —dijo mirando por la rendija de sus párpados entornados.

Prue la liberó del placaje que acababa de emplear con ella, se enderezó y la miró desde arriba con incredulidad.

—¿Pam? —preguntó Scarlet algo más esperanzada, mirando al lado de Prue.

Las dos chicas asintieron, con una expresión de incredulidad más que evidente en sus rostros.

—¿Y *tú* qué haces aquí? —preguntaron Pam y Prue al unísono.

—¿Y *vosotras* qué hacéis aquí? —preguntó Scarlet al tiempo.

Se echaron a reír y se fundieron en un abrazo antes de que ninguna se molestara en contestar.

❧

El resto de la caminata de Charlotte y Maddy fue coser y cantar, como un paseo por los mimados jardines de una cuidada finca histórica, pero Charlotte seguía inquieta.

—Maddy, ¿tú crees que estará bien?

—Pues no sé qué decirte —dijo Maddy con ambivalencia—. Es una pena que hayáis tenido que pelearos después de haber pasado tanto tiempo sin veros.

—Ya. Tan largo viaje para venir a buscarme, y ahora va y la pierdo.

—De todas formas, siempre fue una chica un tanto complicada, ¿no? —preguntó Maddy retóricamente—. No sé, ¿egoísta, quizá?

—Supongo.

—Se crió en el mismo ambiente que Petula —continuó Maddy—. Una casa bonita, una familia agradable, todas las comodidades.

—Sí, ¿y qué?

—Pues que toda esa historia de ir por ahí en plan melodramático no es más que una representación —contestó Maddy—. Para conseguir lo que quiere.

Ahí Maddy había tocado un tema sobre el que Charlotte se había preguntado desde el primer momento que conoció a Scarlet. Siempre había dado por hecho que la personalidad y la actitud de Scarlet no eran más que una reacción a las de Petula. Pero podía ser que sólo fueran la forma que tenía Scarlet de llamar la atención.

—Vamos, reconócelo —dijo Maddy—. Le robó el novio a su hermana y te utilizó a ti para conseguirle.

—No se lo robó —protestó Charlotte con un hilo de voz—. Bueno, no exactamente.

—¿En serio?

—Yo la ayudé a conseguirlo, y eso que yo…

—¿Le querías? —concluyó Maddy—. Y ahora se presenta aquí para utilizarte una vez más, aunque en esta ocasión sea para salvar a su hermana, la cual te trataba como si fueras basura.

—Scarlet no es así. Es impulsiva. A veces se deja llevar, nada más.

—Déjate de excusas —la interrumpió Maddy—. Tú no mereces que te traten como ella lo ha hecho.

A Charlotte no le agradaba nada que Maddy hablase así de Scarlet y, sin embargo, era incapaz de rebatir nada de lo que estaba diciendo. Era evidente que Scarlet *sí* que lo tenía fácil. Mucho más de lo que jamás lo había tenido Charlotte. Podía no ser tan popular como Petula, pero eso era elección suya. Podía haberlo sido. Scarlet había escogido rebelarse, ser diferente, y aun así seguía llamando la atención, ¿o no?

Siguieron caminando durante un buen rato y entonces otearon una ciudad a lo lejos.

—Es Hawthorne —dijo Charlotte sobrecogida, casi tanto como si acabara de divisar la Ciudad Esmeralda.

El hogar. Su hogar. No dulce, pero sí agridulce al menos. El lugar donde soñaba sus sueños, donde emplazaba sus propósitos pero nunca llegaba a vivirlos. El lugar que había dejado atrás; la gente, también. Gente a la que ella nunca jamás olvidaría, pero sobre la que todavía se preguntaba cuánto tardaría en olvidarla a ella.

—Te dije que ésta era la mejor ruta.

—Tenías razón —reconoció Charlotte—, en todo.

16

Insólito triángulo amoroso

Eres para mí un delicioso tormento.
—Ralph Waldo Emerson

No me tientes.

Todos queremos lo que no podemos tener. Es más, la mayoría de las veces deseamos lo que queremos o bien porque está fuera de nuestro alcance o bien porque se trata de algo prohibido. Para justificar la compra, nos convencemos a nosotros mismos de que aquello que queremos con tanta vehemencia es también lo que necesitamos. El problema es que las compras compulsivas a menudo pueden conducir a un costoso caso de arrepentimiento del comprador.

Las manos de Scarlet dibujaban salvajes molinillos en el aire húmedo conforme narraba su aventura a Prue y Pam. Les habló de Petula y la pedicura chapuza, de lo desesperado de su situación y de la razón por la que se había presentado allí. Una vez puestas al día y repuestas del shock inicial del reencuentro, la conversación pasó rápidamente a centrarse en Charlotte.

—Cuando llamó diciendo que estaba enferma… —dijo Pam— sospechamos algo.

—Así que nos fuimos a su apartamento para arrastrarla a la oficina —explicó Prue.

Scarlet presintió que ocultaban algo, pero lo dejó estar.

—Lo más raro de todo es que buscando a Charlotte —dijo Prue—, te hayamos encontrado a ti.

Las chicas permanecieron en silencio un instante, mirándose unas a otras, rumiando las circunstancias que las habían reunido de nuevo.

—Últimamente estábamos bastante angustiadas por no poder dedicarle más tiempo —se lamentó Prue—. Pero las cosas han cambiado y ya no son lo que eran en Muertología.

—De todas formas, eso sólo es una parte del problema —dejó caer Pam.

—¿Y cuál es la otra parte? —preguntó Scarlet—. ¿O acaso debería decir *quién*?

Pam y Prue sabían con exactitud a qué se refería Scarlet. Todos desconfiaban de Maddy, incluso Scarlet, que apenas la conocía.

—Es una pesadilla de mujer —despotricó Scarlet.

—Qué nos vas a contar —corroboró Prue—. Y puede que hasta peor que eso.

—Se ha dedicado a alimentar las inseguridades de Charlotte por lo de no haber tenido un reencuentro —dijo Pam—. Además de alejarla de sus viejos amigos.

—Seguro que cuando apareciste —dijo Prue—, Maddy se echó a temblar.

—Sí, se puso un poco en plan pasiva agresiva, pero luego se ofreció a ayudarnos a buscar a Petula.

—¿En serio? —preguntó Pam lanzándole una mirada de complicidad a Prue—. ¿Adónde ibais?

—Al hospital.

—Pues vamos —ordenó Prue—. Ya.

—Allí está —dijo Charlotte, señalando con gran excitación al alto edificio que se elevaba a lo lejos.

—Venga —Maddy sonrió frívolamente y, agarrando la mano de Charlotte, tiró de ella para que se apresurase.

Conforme avanzaban serpeando por la pequeña ciudad, Charlotte volvía la cabeza de un lado para otro, evocando recuerdos, unos buenos, la mayoría malos, prácticamente a cada esquina y en cada tienda. Al bajar por Main Street pasaron junto al salón de belleza y vieron el improvisado altar conmemorativo en recuerdo de Petula.

—¡Vaya! —dijo Maddy captando la atención de Charlotte—. ¡Debe de ser realmente popular!

—No sabes cuánto —contestó Charlotte con un hilo de voz, mientras contemplaba las velas encendidas, los mensajes y el túmulo de coloridos ramilletes deseando su pronta recuperación que, derramándose desde la puerta del establecimiento, invadían la acera. Charlotte era toda una experta en erigir altares conmemorativos en su mente, pero la vista de uno real y palpable en honor a Petula era más de lo que podía soportar.

—Tú también debías de ser muy guay, ¿verdad?

El comentario de Maddy golpeó a Charlotte igual que la visión de la página de una revista en la que aparecieras tú y otra chica vistiendo el mismo conjunto y el ochenta y ocho por ciento de los lectores hubiese votado que a ella le sienta mejor que a ti. Charlotte recordó el acto en su memoria. El suyo no había sido ni tan siquiera una versión light del de Petula.

—Claro. Pusieron autobuses para llevar a la gente a la misa y todo eso.

De manera muy conveniente, eludió comentar el detalle de que los autobuses, de hecho, no llegaron jamás al acto, pero tampoco es que tuviera demasiada importancia. Ella había sido la protagonista durante medio día, y eso prácticamente significaba que su muerte había sido reconocida como festivo. En cualquier caso, esto la hizo sentirse un poco mejor, pero su falta de entusiasmo fue captada de inmediato por Maddy, quien decidió que no había necesidad alguna de seguir presionándola con el tema.

Traspasaron, sin ser vistas, la concurrida entrada de Urgencias del hospital y, una vez en el interior, rodearon el control de enfermería para buscar la habitación de Petula.

—Tercera planta —dijo Maddy, señalando con el dedo la lista de ingresados—. Habitación tres-tres-tres.

Damen estaba desplomado en su silla, colocado entre Petula y Scarlet, medio dormido, cuando la enfermera de la planta le rozó al pasar y lo despertó. Había venido a darles un baño de esponja a las chicas, empezando por Scarlet, de modo que Damen fue a sentarse a una silla más próxima a la puerta. La enfermera corrió la cortina que separaba las dos camas para que Scarlet gozase de mayor intimidad, y Damen lo agradeció. Empezaba a estar harto de ver cómo unos desconocidos, por mucho que fueran profesionales sanitarios, toqueteaban y manoseaban a su novia. La situación, en general, era tan indigna.

Una vez cerrada la cortina, no tenía muchos más sitios hacia donde mirar salvo a Petula, algo que no había hecho a menudo desde que comenzara su vigilia. Mientras contemplaba su cuerpo inmóvil, no pudo evitar pensar lo bueno que seguía siendo su aspecto. Como Petula era casi todo fachada, lo cierto es que no le sorprendió demasiado que su aspecto fuera lo último en estropearse.

Durante todo el tiempo que él llevaba en el hospital, ella había permanecido a las puertas de la muerte, pero no fue hasta ahora cuando la imagen de Petula muerta se le vino a la cabeza. La imaginó en un ataúd, el fruncido forro estudiadamente combinado con el tono de su ropa, sus altos tacones de punta apuntando desafiantes hacia arriba en el extremo inferior, y el anillo conmemorativo de su graduación destellando entre sus dedos cruzados, mientras una fila de dolientes aguardaba ansiosa por ver su cadáver. Se alegró de no poder ver a Scarlet en ese momento, con semejantes pensamientos rondándole la cabeza. Incluso estando en coma, era probable que le adivinase el pensamiento.

Retiró la mirada de Petula y fue a posarla más allá de su cama, donde descansaba un único ramillete de flores de su madre. Y eso sí que le extrañó. Le habían llegado noticias del improvisado altar conmemorativo que había aparecido a la puerta del salón de belleza, y de las habladurías que circulaban por la ciudad, pero nadie se había pasado a visitar a Petula salvo las Wendys, y no se podía decir que ellas contaran, teniendo en cuenta lo sospechoso de su motivación. Una expresión pública de dolor, como podía ser el altar, no es que pudiera considerarse un buen barómetro de afecto, porque esas manifestaciones siempre tenían más que ver con el espectáculo que con el fallecido propiamente dicho.

Pensó que ése había sido siempre el problema de Petula. Gozaba de popularidad, pero no gustaba a nadie, si es que eso tenía algún sentido. La gente quería que Petula se encaprichara de *ellos,* que se fijara en *ellos,* pero sin que el sentimiento fuera recíproco. Ahora que ya no podía ofrecerles ese refuerzo positivo invitándoles a sus fiestas, saliendo con ellos o, lo que es más, recordando sus nombres, se había convertido en una especie de niña estrella venida a menos a la que la edad hubiese dejado sin papeles de niña mona. Lo único que podía hacer ya por ellos era morirse, cuanto antes mejor, para que sus fans pudieran sentirse mejor consigo mismos por preocuparse y para proporcionar una última pizca más de entretenimiento a todo el mundo en tanto que conservaba su atractivo. Eso sí que era indigno.

Damen se acercó a Petula, movido no tanto por el remordimiento como por la culpabilidad. Había tomado la decisión correcta al quedarse con Scarlet, de eso no tenía dudas, pero era posible que no hubiese llevado el asunto como debería. A pesar de la arrogancia que había mostrado entonces, Petula era un ser humano y se había sentido humillada. Podía ser que hasta hubiese sufrido, aunque eso era algo que su orgullo jamás le habría permitido mostrar.

Incómodo, tomó la mano de Petula, que todavía conservaba la manicura francesa, entre las suyas por primera vez en mucho tiempo y se inclinó sobre ella, para pronunciar las palabras que posiblemente debiera haberle dicho tiempo atrás.

—Lo siento —susurró Damen.

En ese mismo instante, Maddy y Charlotte entraron en la habitación. La imagen de Damen arrullándole a Petula les causó un terrible impacto.

—Mira eso —dijo Maddy, como si estuviera comentando una telenovela—. Todavía la ama.

Charlotte enmudeció a la vez que los sentimientos de antaño afloraban en tropel y la visión de él hacía que su corazón se derritiera como un polo pegado al salpicadero del coche en un tórrido día de verano. Seguía tan rubio y guapo como siempre, y ahora se le veía tan dulce y vulnerable. Fue como si le hiciera, literalmente, un puente en el corazón. Ni siquiera la muerte podía retener aquellos sentimientos tan familiares. Nada tenían que ver con su cuerpo o su cabeza; estaban grabados en su alma.

—Ése es Damen —le dijo Charlotte a Maddy como una colegiala enamorada.

Lo cierto es que Charlotte era ahora más sabia y más madura, pero se quedaría estancada para siempre en su edad, y aquellas sentidas emociones a-flor-de-piel iban a acompañarla siempre. Ver a Damen la retrotrajo hasta un lugar donde tenía toda la vida por delante. Donde todo era posible. A. de O.: antes de Osito. Echaba de menos aquellos días, días de inocencia e ilusión, días en los que aún no estaba atrapada en la eterna adolescencia.

La mirada de Maddy saltaba de Charlotte a Damen y de vuelta a Charlotte, sopesando a ambos. La consternación de Charlotte era más que evidente.

—A qué tanta sorpresa —murmuró Maddy entre dientes, si bien lo suficientemente alto como para que Charlotte la oyera—. Los tíos son tan fieles como opciones se les presentan.

—¡Él no es así!

—¿Y qué pensaría Scarlet? —preguntó Maddy retóricamente—. Menos mal que hemos llegado nosotras antes.

—Ya —dijo Charlotte distraída—. Menos mal…

Maddy hablaba de Scarlet, pero Charlotte no dejaba de pensar en ella misma. Estaba obsesionada con la romántica escena que tenía lugar ante sus ojos, incapaz de resistirse a meter baza de nuevo, tanto como lo hiciera en el pasado.

—¿De verdad merecía la pena renunciar a favor de Scarlet —la pinchó Maddy—, para que al final acabase volviendo a Petula?

—No lo sé. Yo pensaba que sí.

—Buenas obras mal se pagan. Es lo que digo siempre.

Charlotte sabía mucho de efectos no deseados. Ella misma había sido víctima de ellos desde que se ahogó con aquella maldita gominola. Lo único que pretendía era ser popular, como Petula, y que Damen se fijara en ella. No acabar muerta, como al final resultó. No tener que esperar a que un teléfono sobrenatural sonara o a que un lloroso adolescente mimado llamase con un patético problema de tres al cuarto.

Damen se levantó y miró a Petula con candor. Charlotte hizo otro tanto. Tenía buen aspecto. Bronceada, tonificada, como siempre. Indefensa, no obstante, toda una novedad.

—Pues no es que le vaya a servir de mucho así —comentó Maddy—, ¿verdad?

—¿A qué te refieres?

—¿Es que no te das cuenta? —Maddy hizo una pausa para remarcar el efecto y señaló a Petula con un ademán, como si del premio de un concurso se tratase—. Podrías tener todo lo que siempre has querido.

Mientras Damen se alejaba de Petula, Charlotte se aproximó hasta que ésta quedó al alcance de su mano. La observó, contempló su pecho subir y bajar débilmente al ritmo de su respiración trabajosa. Pensó que quizá lo más decente fuera devolverla a la vida. De lo que no cabía duda es de que moriría si no encontraban su alma, pero tampoco había garantía alguna de que aquello fuera a ocurrir.

—¿Quién iba a enterarse? —la presionó Maddy, viendo que Charlotte vacilaba—. Sería el regreso más sonado de la historia.

—Yo jamás le haría a Scarlet algo así —dijo Charlotte, tratando de insuflar algo de sentido común a su cabeza.

Al levantar la vista, Charlotte se sintió como si estuviese arrinconada en una esquina del cuadrilátero recibiendo una paliza monumental.

—Mira, para empezar, ni siquiera tenemos la certeza de que Scarlet vaya a regresar —dijo Maddy—. Piensa en su madre, al menos se salvaría una de sus hijas. Estarías haciendo algo bueno, desinteresado.

A Charlotte la estremecía la idea de que Scarlet pudiese no regresar jamás, pero empezaba a captar por dónde iban los tiros de Maddy, y la asustaba. Ya había intentado poseer a Petula en una ocasión, y que ella recordase, no había ido nada bien que se diga. Con todo, la posibilidad de un segundo intento la intrigaba.

Pensándolo bien, las cosas empezaron a torcérsele verdaderamente del todo cuando fracasó en su intento de poseer a Petula y se vio obligada a poseer a Scarlet en su lugar. De no haber sido por ese tropiezo, Scarlet y Damen quizá no hubiesen llegado a conocerse nunca, y mucho menos acabar juntos. Charlotte se convenció de que la cuestión no era que estuviesen hechos el uno para el otro, sino más bien que había sido ella quien los había echado en brazos del otro, como los protagonistas de un romance de tiempos de la guerra a los que el destino acaba juntando, pero que en última instancia están condenados a la separación.

—¿Y qué pasa con Scarlet? —preguntó Charlotte sin demasiado entusiasmo, a la vez que movía sus manos a escasos centímetros sobre el cuerpo de Petula.

—¿Qué pasa con ella? Si por alguna razón acaba regresando, que lo dudo, conseguirá lo que quiere… o casi.

—A Petula —respondió Charlotte—, pero tal vez no a Damen.

—Tarde o temprano tendrá que hacer frente a la verdad, de todas formas —malmetió Maddy—. Está claro que él no la quiere en serio.

A Charlotte le costaba rebatir la lógica de Maddy. La angustia que sentía Scarlet podía no ser producto de su imaginación, al fin y al cabo. Tal vez la cosa se había enfriado y a Damen le habían asaltado las dudas propias del arrepentimiento del comprador, salvo que era demasiado decente para admitirlo. De poseer ella a Petula, de reanimarla, entonces al menos estaría haciéndole un favor no sólo a Scarlet o a Damen, sino al mundo entero. Acaso, pensó, ¿no sería maravilloso que Petula diera buen uso a todos aquellos regalos genéticos en lugar de valerse de ellos para urdir un plan que la convirtiera en la futura ex mujer de váyase a saber quién, con un suculento acuerdo de divorcio y uno de esos pretenciosos perrillos por «hijo»? Tal vez poseerla en ese momento constituyera una obra de caridad para la raza humana. Miró a Damen allí sentado con los ojos clavados en Petula y se armó de valor.

Charlotte alargó el brazo hacia el pecho de Petula, apoyó la mano sobre su corazón y se disponía a recitar el encantamiento cuando la enfermera de planta descorrió la cortina que había estado ocultando el cuerpo de Scarlet. El ruido desconcentró a Charlotte, quien al volverse y ver a Scarlet, allí tumbada, tan pálida y desvalida, recuperó rápidamente el sentido común.

—No puedo hacerlo —le dijo a Maddy, restregándose los ojos como si acabase de despertar de un sueño profundo.

Scarlet, Pam y Prue empezaban por fin a avanzar un poco. La maraña de ramas, hojas muertas y la espesa niebla habían dado paso a un bosque de tocones chatos y a una bruma ligera.

—¿Y dices que Charlotte y Maddy iban al hospital? —le preguntó Pam a Scarlet.

—Creo que sí. Era la única información que pude darles.

—Pues puede que eso nos venga bien —respondió Prue.

—¿Por qué?

—Probablemente se dirigirán a su habitación del hospital, donde está su cuerpo —explicó Pam—. Pero su espíritu no estará ahí.

Scarlet se quedó pensando un momento y cayó en la cuenta de que allí seguía también su cuerpo. Le daba escalofríos pensar que Maddy pudiese estar allí mirándola, juzgándola.

—¿Y entonces dónde estará? —preguntó Scarlet, hecha un lío.

—En la oficina de ingresos del hospital —dijo Prue—. Dondequiera que esté.

—Todo el mundo tiene que pasar por una oficina de ingreso —explicó Pam— de camino al otro lado.

—Yo no. Yo aparecí directamente en el aula de Muertología.

—Eso es porque no estás muerta, Scarlet —le espetó Prue, con un claro tono de desaprobación.

—¿Y cómo vamos a encontrar la oficina? —dijo Scarlet.

—Buena pregunta —contestó Pam—. Sólo los chicos y chicas que han pasado por ella saben dónde está y cómo llegar.

—Pero hay muchas probabilidades de que alguno de los chicos o chicas de tu clase de Muertología hayan accedido a ella a través del hospital —continuó Prue recogiendo el testigo del comentario de Pam—. ¿Sabes dónde está?

—Lo sé —dijo Scarlet con un resoplido.

17

El mañana nunca sabe

La vida es un eterno no saber, cambiar, aprovechar y sacar lo mejor de cada momento, sin saber qué pasará a continuación.
—Gilda Radner

Sólo tememos a lo desconocido.

Y, sin embargo, el miedo es lo que nos hace sentir más vivos. Lo conocido alimenta el bienestar, lo desconocido alimenta la duda. ¿Será ésta tu última puesta de sol? ¿Volverás a comer helado otra vez? ¿Volverás a sentir lo que él te hace sentir en este momento? La incertidumbre nos mantiene en el borde, despiertos, en suspense, al filo de la posibilidad. Charlotte sabía que quería recuperar algo que llevaba en su interior, pero no sabía el qué.

Wendy Anderson y Wendy Thomas se presentaron en el control de enfermería vestidas para matar con sendos trajes sastre ceñidos a medida.

—¿Sabe si queda mucho? —le preguntó Wendy Thomas.

—No tienen que esperar —contestó la enfermera con amabilidad—. Pueden pasar directamente.

—No —aclaró Wendy Anderson—, lo que queremos saber es si les queda *mucho más*.

—Su estado no ha revestido ningún cambio —dijo con voz cortante después de consultar los historiales y de echar un vistazo al atuendo de ambas—. Nombres, por favor.

Las Wendys le tendieron sus respectivos carnés, pero la enfermera, como le ocurría siempre a todo el que comprobaba su identidad, apenas si pudo distinguir una fotografía de otra.

Echó una ojeada a las chicas y anotó rápidamente lo primero que se le vino a la cabeza en sus respectivas etiquetas de visitante: «T» & «A»[10]. Luego se las tendió a las chicas como quien maneja una muestra de heces.

—¿Quién dice que las enfermeras no son lo bastante listas para ser médicos? —dijo Wendy Anderson irónicamente.

Las dos glamazonas borraron la falsa aflicción de sus caras profesionalmente maquilladas y se alejaron con el andar inseguro de un elefante sobre sus nuevos tacones hacia la habitación de las Kensington. El interés de las Wendys se estaba apartando rápidamente del estado de Petula para centrarse en asuntos más egoístas, en particular la línea oficial de sucesión a la corona del Baile de Bienvenida. Ostentaban el cargo de vicepresidentas del gabinete de Petula desde hacía mucho tiempo, y dado lo infortunado de las circunstancias, una de ellas tendría que ser la sustituta lógica en el desempeño de sus obligaciones para con el Baile de Bienvenida.

Se sentían legítimas sucesoras después de su exitoso ejercicio de presión en el concesionario local de Chevrolet que les había valido un Corvette nuevecito para que la reina del Baile de Bienvenida pudiese dar la vuelta de honor a la pista. Sólo habían tenido que trocar un poco de piel, apareciendo en la feria del automóvil local en biquini para hacerse unas cuantas fotos pin-up con algún que otro tío soso o pervertido de turno —y para lo que de todas formas se habrían prestado encantadas sin pedir nada a cambio, de habérselo pedido cualquiera—. Petula o lo conseguía o no, y por «conseguir» las Wendys enten-

---

[10] Las iniciales de los apellidos se han hecho coincidir aquí con el acrónimo *T&A, Tits & Ass,* en castellano «*Tetas & Culo*». *(N. de la T.)*

dían «ir al Baile de Bienvenida», y no necesariamente recuperar la conciencia.

Charlotte apartó los ojos de la cama de Scarlet cuando las Wendys entraron despreocupadamente en la habitación. Verlas la cautivó, tanto como le sucediera en vida. A Maddy también la distrajo por un segundo la aparición del dúo. Las estudió al instante para sopesar su grado de sofisticación y concluyó que no constituían una amenaza para ella.

Resurrección, o resucitación, ya puestos, no es que fueran precisamente puntos de la agenda de las Wendys cuando el tableteo de sus tacones anunció su llegada y sacó a Damen de su sopor.

Damen alzó la cabeza y se frotó los ojos para enfocar mejor, sintiéndose asqueado al instante por la aparición de las Wendys. Era obvio que una de ellas, o las dos, estaban más que dispuestas a aceptar el honor de reemplazar a Petula como reina del Baile de Bienvenida.

—¿Qué?, no podíais esperar a que se enfriara el cuerpo, ¿eh? —dijo Damen con desdén.

—Tú eres el que está jugando a las hermanas musicales —espetó Wendy Anderson—. Petula lo habría querido así.

—Claro que sí, lo hacemos por ella —le hizo eco Wendy Thomas, mientras descolgaba la percha con el vestido de Petula y se lo pegaba al cuerpo para comprobar cómo le sentaba—. Se moriría si se enterase de que otra conseguía la corona.

—Qué considerado de su parte —le susurró Maddy a Charlotte.

—Sí —asintió Charlotte, otra vez incapaz de recurrir a su característico sarcasmo.

«Pues íbamos listos si dependiéramos de estas dos para buscar un rayo de esperanza en la desgracia de otro», pensó Damen. Clavó la mirada en las Wendys durante un rato embarazosamente largo. Y entonces se le ocurrió. La idea más descabellada y absurda que había tenido jamás, pero puede que justo la respuesta a sus plegarias.

—¿Sabéis qué? Pues que tenéis razón —dijo Damen con una mirada perturbada en los ojos—. La corona no debería ir a parar a ninguna otra.

Sus palabras crearon mucha confusión entre todos los presentes, incluida Charlotte. Maddy se enderezó para escuchar más atentamente.

—Si hay algo que puede hacerla regresar es el Baile de Bienvenida —dijo Damen, con un razonamiento que redundaba más en beneficio propio que en el de las Wendys—. Y si ella regresa, Scarlet lo hará también.

—¿Hay alguna grillera en este sitio? —preguntó Wendy Anderson sin la menor delicadeza—. He oído que a los manicomios los llaman ahora centros de rehabilitación.

Charlotte se encontró pensando de repente si una visita al loquero no sería tampoco una idea tan descabellada para ella, dada la forma en que había contemplado la idea de poseer a Petula y quedarse a Damen para ella solita. A decir verdad, no podía decirse que en ese momento hubiese estado pensando, en realidad no había pensado desde que cruzara al otro lado. Lo único que había hecho era ir de la mano y dejarse llevar, por Maddy principalmente, que no cejaba en presentar argumentos convincentes para un completo asalto al cuerpo de Petula.

—¡Charlotte, éste es tu momento! —le chilló Maddy a la cara, tratando de hacerla reaccionar—. Si ese tío la saca de aquí, morirá.

Charlotte, por el contrario, pareció desechar el argumento de Maddy. Por lo menos de momento. Dejó de escucharla y se concentró en observar a Damen detenidamente. Empezaba a comprenderlo todo.

Damen agarró el monitor portátil que empleaban cuando se llevaban a Petula a hacerle pruebas y empezó a colocárselo alrededor de la cintura.

«No, no puedo ponérselo aquí, alguien podría verlo», pensó para sí.

—¿Qué estás haciendo? —preguntó Wendy Thomas.

—¡Ya lo tengo! Se lo ataré al tobillo y así parecerá uno de esos brazaletes de monitorización etílica —dijo Damen—. Seguro que no es la única chica de la corte del Baile de Bienvenida que lleva uno.

Las Wendys intercambiaron miradas, ideando una estrategia de evacuación, telepáticamente, que pusiera fin a aquella locura. Compartir cerebro venía de lujo en situaciones como ésta. De repente, las dos se abalanzaron hacia la puerta. Damen, también, en un intento por detenerlas. La puerta se cerró de un portazo antes de que ninguno de los tres pudiera alcanzarla, gracias a Charlotte. Damen le dio un puntapié a la puerta y se volvió para encararse a las Wendys, sin saber muy bien qué era lo que acababa de pasar, pero feliz de que así hubiese ocurrido.

—Buen trabajo —dijo Maddy, con la esperanza de haber convencido a Charlotte de que todos debían estar presentes para la gran reaparición de Petula.

Charlotte, concentrada en la escena que en ese momento tenía lugar delante de ellas, no le hizo caso.

—De aquí no sale nadie hasta que yo lo diga —ladró Damen autoritariamente mientras sus ojos saltaban de un lado a otro de la habitación buscando al portero invisible.

—¿Cómo vas a sacarla de aquí? No puedes arrastrar su cuerpo inerte hasta la calle y luego montarla en un Corvette, así como si nada —dijo Wendy Thomas, cayendo en la cuenta de que lo que acababa de decir era un oxímoron.

—Te arrestarán —dijo Wendy Anderson, yendo mucho más al grano.

Damen ya no las escuchaba, si es que en algún momento lo había hecho, algo por otra parte bastante improbable. Incorporó a Petula, sacó un tubo de antiarrugas facial del bolso de Wendy, aplicó una generosa cantidad de crema en el contorno de los ojos de Petula y le sostuvo abiertos los párpados durante un segundo mientras la crema se asentaba.

—¡Oye, tú, que ese potingue cuesta un ojo de la cara! Es oro líquido. ¡Botox envasado!

A continuación, Damen aplicó un poco más de crema en torno a su boca, le fijó una sonrisa en el rostro y remató su obra cogiéndola del brazo y haciéndola saludar manualmente.

—De acuerdo, ahora ya parece otra cosa, pero… —dijo Wendy Thomas vencida.

Para terminar, Damen llevó sus manos a la nuca de Petula y empezó a desatarle el camisón. Las Wendys abrieron unos ojos como platos, pero estaban demasiado asustadas para detenerle.

—Mira eso, vuelven a estar juntos y van a ir al gran Baile de Bienvenida —le susurró Maddy a Charlotte en el oído—. ¡Y ya casi la ha desnudado del todo!

Charlotte desvió la mirada hacia el cuerpo de Scarlet, que yacía serena en medio de aquel caos y aparente infidelidad, y se compadeció de ella.

Entonces, Damen se apartó, insólitamente incomodado por la idea de tener que sostener el cuerpo desnudo de Petula en los brazos. A toda velocidad arrebató su rutilante vestido rosa —que parecía más apropiado para que lo luciera una calebridad al uso en un desfile de modelos que para una ceremonia de bienvenida en un instituto— de las garras de las Wendys y trató de vestirla sin éxito.

—Echadme una mano —pidió con un hilo de voz, mostrándose vulnerable ante las Wendys por primera y, probablemente, última vez en su vida.

Las dos chicas se negaron, no sólo para fastidiarle sino para proteger las esperanzas —si es que ello era ya posible— que tenían puestas en el Baile de Bienvenida, por no hablar de que no deseaban verse eclipsadas por el precioso vestido de Petula cuando ellas iban de traje.

—Muy bien —dijo Damen, tratando por todos los medios de dominar el peso muerto de Petula a la vez que les lanzaba una mirada con la que pareció decir: «Recordádmelo luego mientras os retuerzo el pescuezo». Después miró a Scarlet como pidiéndole permiso o perdón, o quizá ambas cosas, y dijo—: Lo haré yo.

Damen se sirvió estratégicamente del camisón de hospital para cubrir su cuerpo lo mejor que pudo y, con sumo cuidado, enrolló la cola del vestido en sus manos, e intentó pasarle por la cabeza, sin lograrlo, el estrecho cuerpo de pedrería cosida a mano. Necesitaba mantener los brazos de Petula en alto, y con el cuerpo laxo era muy difícil hacerlo solo. Y entonces alguien le ayudó.

Mientras Damen levantaba en alto los brazos de Petula disponiéndose a hacer un segundo intento, Charlotte se acercó y guió su mano y el vestido hasta la posición correcta, como ya lo hiciera en otra ocasión para el examen de Física. Con la ayuda de Charlotte, el vestido de seda se deslizó por el cuerpo de Petula a la perfección. Luego dio unos pasos atrás, mientras Maddy se arrebujaba junto a ella una vez más.

—Ese vestido luciría más si la percha fueses tú —dijo Maddy—. Tú eres la que se merece ir al baile, y me apuesto lo que quieras a que él te preferiría a ti con mucho.

Charlotte no podía evitar estar de acuerdo, pero las voces estridentes de las Wendys la devolvieron bruscamente a la realidad en el preciso momento en que hacían una última intentona para que Damen entrara en razón.

—Tienes que superar con ella el control de enfermería y el de seguridad, por no hablar de toda la gente que habrá en el vestíbulo —dijo Wendy Thomas a la desesperada, tratando de proteger sus aspiraciones a la corona—. Es imposible.

—¿Te apuestas algo? —dijo Charlotte.

18

Solo otra vez o...

Solitude sails in a wave of
forgiveness on angel's wings.
—Siouxsie Sioux

(La soledad navega sobre una ola de perdón
en las alas de los ángeles.)

«No eres tú, soy yo».

Son las palabras más temidas que pueden pronunciarse en cualquier relación. Si las escuchas, o si descubres que eres tú quien desea decirlas, puedes estar seguro de que la cosa se ha acabado. Se está fraguando un aterrizaje suave, pero el resultado final es definitivo. Quienquiera que sea el que ofrece esta explicación artera es posible que no sepa lo que quiere exactamente, pero sabe bien lo que no quiere: a ti.

—Estoy asustada —soltó Virginia abruptamente en el instante en que Petula dejaba de hacerse pequeños tirabuzones en su largo y vaporoso pelo, para lo cual se escupía en el dedo meñique, enrollaba en él los mechones igual que lo haría con un cable de teléfono, y luego liberaba los rizos saltarines.

—Yo también.

Eran las palabras que por orgullo habían evitado pronunciar antes, aunque ambas eran lo bastante listas como para no callarlas ahora.

Petula agarró la mano de Virginia y la estrechó muy fuerte en su regazo. Nunca en su vida había experimentado un momento de unión semejante con nadie, y menos con una compañera del género femenino. Para ella, las chicas eran competidoras y poco más, gente a la que debía superar y eclipsar.

Al principio, Virginia se alarmó. Pensó que quería que le dijeran que no eran más que imaginaciones suyas, pero, en su lugar, la sinceridad de Petula la reconfortó. No servía de nada negar las evidencias. Estaban solas en una habitación, ataviadas con camisones de hospital, aguardando a que alguien a quien ni siquiera conocían apareciera finalmente, si es que lo hacía.

—No te preocupes —dijo Petula, arrimando hacia sí a Virginia—. No dejaré que te pase nada.

—¿Lo prometes?

Probablemente ésta era también la primera vez que Petula sentía verdaderamente que la necesitaban, y no que la deseaban, y se tomó la responsabilidad muy en serio. Experimentar un sentimiento de protección hacia alguien era del todo nuevo para ella, pero se sorprendió al comprobar la naturaleza con que brotó en ella dadas las circunstancias.

—Lo prometo —juró Petula.

Las Wendys mataban el tiempo leyendo el historial de Petula, enviándose mensajes de texto la una a la otra de un extremo al otro de la habitación, y deseando que no las pillaran. Wendy Anderson estaba concentrada despegando la parte posterior de sus sudorosos muslos del piso de vinilo, comprobando que no mostraban indicios de celulitis incipiente. Le habían prometido a Damen que se quedarían en la habitación de Petula para cubrirle hasta que regresara, pero en realidad se habían quedado por si podían echarle un ojo al doctor Kaufman. Tirarle los tejos a un doctor joven y atractivo era lo único que podía apetecerles más que el Baile de Bienvenida, y Damen lo supo aprovechar a su favor. Las dos seguían un poco cabreadas porque las dejasen en la estacada, sus sueños de llenar los zapatos de Petula desbaratados ya para siempre.

—Petula Kensington y Damen Dylan —trompeteó Wendy Anderson burlonamente—. ¡Juntos de nuevo!

—No exactamente —rió Wendy Thomas—. Yo más bien la titularía *Damen y una chica de verdad*[11].

—¿Te imaginas que caracalavera se entera de lo que pasa? —dijo Wendy Anderson señalando a Scarlet.

—¿Tú sabes lo que es una crisis con rehenes? Pues eso.

Antes de que las dos acabaran de reír sus propios chistes, oyeron que alguien se aproximaba. Era el doctor Kaufman, en su ronda de la tarde.

—Métete en la cama —chilló Wendy Thomas con urgencia—. La cosa está que arde…

Wendy Thomas hizo una pausa y ponderó lo que acababa de decir.

—¡Pero tú ya has oído *eso* antes!

Wendy Anderson se envolvió la cabeza en una toalla para ocultar sus abundantes rizos morenos, se tumbó en el colchón plastificado de un salto y asomó a hurtadillas el dedo corazón por debajo de la sábana dedicándole el gesto a Wendy Thomas, antes de proceder a quedarse absolutamente inmóvil. Wendy Thomas se fue hasta la entrada y se inclinó contra el marco, sus tirantes brazos y piernas extendidos a lo ancho del hueco de la puerta como radios de bicicleta en el interior de una rueda.

---

[11] Se refiere a la película *Lars y una chica de verdad* (2007), del director Craig Gillespie, cuyo protagonista entabla una relación con una muñeca que ha comprado por Internet. *(N. de la T.)*

—Hola —se dirigió con voz seductora al joven doctor cuando éste se aproximaba—. ¿Puedo ayudarte en algo?

Damen no bromeaba sobre Kaufman, definitivamente valía una tiara con incrustaciones de circonio o dos, y puede que hasta más. Si Wendy Anderson no hubiese estado tan asustada como para mover la mano y darse una palmadita en la espalda por haber decidido quedarse, lo habría hecho.

—Vengo a examinar a las Kensington.

—¿Y para qué molestarse? —preguntó Wendy desdeñosamente—. ¿No son vegetales?

—¿Cómo dice?

—Pues eso, que en realidad ya ha pasado todo salvo el funeral, ¿no? —le susurró Wendy con complicidad—. Ha llegado el momento de seguir con nuestras vidas.

—Donde hay vida hay esperanza, señorita. Y, ahora, si me permite…

El doctor Kaufman se puso a empujar para salvar el bloqueo que ejercía Wendy en la entrada, despegándole los dedos recién salidos de la manicura del marco de la puerta, y entonces le sonó el busca. Lo sacó para comprobar quién le llamaba y en ese instante recibió un segundo aviso urgente por la megafonía del hospital.

—Doctor Kaufman, por favor acuda a la habitación tres-uno-uno. Código Azul.

Kaufman salió disparado sin mediar palabra, y el ruidoso rodar del carro de reanimación y de correr de pisadas que siguieron se pudo escuchar en todos los pasillos.

—Eso ha estado cerca —resopló Wendy Thomas, completamente indiferente al sufrimiento que se había desencadenado pasillo adelante—. Aunque un poquito más cerca tampoco habría estado mal.

—¿Te puedes creer que se haya ido, así, por las buenas, sin despedirse siquiera? Como tenga que estar tumbada aquí más tiempo, me muero —dijo Wendy Anderson incorporándose lentamente y haciendo crujir el cuello—. Salgamos de aquí.

La clase de Muertología estaba en curso cuando llegaron Prue, Pam y Scarlet. Esta última llamó con delicadeza a la puerta, y la señorita Pierce invitó a pasar a los recién llegados. Scarlet asomó la cabeza estirando el cuello y saludó con la mano, tímidamente.

—Me alegra verte de nuevo —la saludó la señorita Pierce con amabilidad y un tono de alivio en la voz que contrastaba de forma radical con la preocupación que mostrara la última vez que se habían visto.

El hecho de que Scarlet hubiese regresado, nada más y nada menos, constituía en apariencia una buena señal, no sólo para Scarlet sino para la totalidad de la clase.

—Hola a todos —dijo Scarlet, y volviéndose hacia la profesora preguntó—: ¿Pueden pasar también mis amigas?

—Desde luego.

Obtenido el permiso, Pam y Prue franquearon la entrada detrás de Scarlet y se plantaron en el aula. Una oleada de nostalgia las azotó de golpe cuando sus ojos recorrieron la estancia de arriba abajo y de lado a lado, y repararon en los nuevos alumnos, la profesora, los adornos de la pared, sus viejos pupitres. No había cambiado nada, salvo las caras y el hecho de que la habitación pareciese más pequeña de lo que recordaban.

—¿Para qué has vuelto? —disparó Paramour Polly, ni por asomo tan contenta de ver a Scarlet y compañía como su maestra y sintiéndose un poco amenazada por las chicas más mayores que la acompañaban. Los demás chicos y chicas de la clase también las miraban con desconfianza, refunfuñando.

—No os preocupéis. No vengo a causaros más problemas...

—Tenemos que encontrar a nuestra amiga Charlotte... —dijo Pam cortando por lo sano.

—¿Otra vez? —la interrumpió Lipo Lisa—. Oye, ¿y por qué no buscáis a la chica esa en Google o activáis una alerta de desaparición o algo?

—Cierra la boca y escucha, Rexy[12] —ladró Prue retomando con toda naturalidad su papel de líder en la clase de Muertología y captando la atención de todos—. No tenemos mucho tiempo.

—¿Recordáis alguno si llegasteis aquí desde el hospital? —preguntó Pam sosegadamente.

Por lo general, todo este asunto se consideraba tabú en clase de Muertología debido a los crudos sentimientos que tendía a hacer aflorar. Pam dirigió su mirada a la señorita Pierce, quien asintió con la cabeza invitándola a continuar. La profesora comprendía la gravedad de la situación y admiraba los riesgos que todas ellas habían decidido correr por su amiga.

—Lo siento —se disculpó Pam ante la clase—, pero es sumamente importante.

---

[12] En inglés, combinación de las palabras *anorexic* y *sexy. (N. de la T.)*

—De acuerdo —dijo Scarlet—, ¿quién quiere ser el primero?

Los alumnos se miraban los unos a los otros, sin que ninguno quisiera ser el primero en dar el paso. Conforme transcurrían los segundos, sus rostros perdieron toda expresión, perdidos como estaban en la evocación de su final, un asunto que se les había animado siempre a evitar.

—Yo vine de Hot Bed —dijo Tanning Tilly, sin caer en la ironía del nombre del establecimiento de bronceado, mientras una expresión de tristeza le mudaba el rostro.

—Yo vine de la casa del novio de mi mejor amiga —dijo Paramour Polly, con una mezcla de orgullo y arrepentimiento, como si estuviera confesándole su pecado a un cura.

Scarlet detestaba hacerles regresar al lugar en el que habían perdido la vida, pero la señorita Pierce la animó a seguir con un gesto. Se trataba de un asunto doloroso, pero aun así necesitaban enfrentarse a ello para poder graduarse. La señorita Pierce sólo esperaba que todo aquello no estuviese siendo demasiado prematuro, sobre todo teniendo en cuenta que todavía quedaba una silla libre.

—Yo acabé en el hospital de Hawthorne —dijo Blogging Bianca.

—¿En serio? —gritaron las tres al unísono.

—Bueno, acabé allí —dijo Bianca—. Intentaron administrarme anticoagulantes por vía intravenosa, pero yo llevaba tanto tiempo delante del ordenador que para cuando llegué al hospital ingresé cadáver.

—Entonces, ¿no moriste en el hospital? —preguntó Scarlet con desánimo.

—No, me temo que no —respondió Bianca en tono de disculpa.

—Yo morí en el hospital —irrumpió de forma inesperada Green Gary desde el fondo de la clase.

—¿Puedes llevarnos hasta allí? —preguntó Prue.

Gary miró a la señorita Pierce buscando su aprobación.

—Puedes llevarlas, pero necesitarás un pase —dijo la profesora sacando una gran tablilla de madera labrada con el aforismo latino DUM SPIRO, SPERO del cajón de su mesa.

—¿Cuántos árboles hubo que talar para hacer esta tabla? —preguntó Gary, siempre fiel a sus raíces eco-adolescentes.

—No tantos como los que se necesitan para fabricar un ataúd, berzotas —le picó Prue mientras salían pitando del aula.

19

Lo sobrenatural y lo superficial

Todo el mundo tiene corazón,
excepto algunas personas.
—Bette Davis

Una mirada vale más que mil palabras.

Hay varias maneras de mirar a alguien. Se puede mirar a las personas de abajo arriba, con admiración, o de arriba abajo, con desprecio, pero una vez la vida te ha enseñado unas cuantas lecciones importantes, se puede aprender a mirar a las personas a los ojos, de tú a tú. Petula siempre miraba desde arriba y Charlotte estaba cansada de mirar desde abajo, pero lo único que tenían que hacer realmente era mirar en su interior y verse tal cual eran.

Charlotte y Maddy se colaron en el montacargas y descendieron hasta la planta baja junto con Damen y un carro de la limpieza que, a modo de sarcófago, contenía el cuerpo prácticamente inerte de Petula e iba cargado de una completa gama de productos limpiadores, fregonas, escobas, trapos, toallas de papel, papel higiénico y bolsas de basura. A Charlotte se le ocurrió pensar que no era una cámara funeraria precisamente glamurosa para tan noble personaje.

Damen salió del montacargas empujando el carro y se encaminó hacia las puertas batientes traseras de la entrada de servicio. El carro no estaba diseñado para transportar semejante peso, y podía sentir cómo las ruedas se combaban hacia dentro, dificultando las maniobras. Nadie parecía darle mayor importancia a este hecho cuando reparaba en el joven vestido de celador bregando con la pesada carga. El hospital era un lugar donde el personal de limpieza del escalafón más bajo se movía en el anonimato, y la batalla de Damen con el carro apenas si llamó la atención de nadie, con la excepción, pensó Damen, de su pasajera, inconsciente en el interior de la bolsa de lona que él transportaba por el edificio.

—Lo siento, Petula —decía con una mueca de dolor cada vez que chocaba contra la pared o saltaba sobre una grieta en la planta del sótano.

—Brutal —soltaba Maddy con una risita a cada sacudida de la cabeza de trapo de Petula, mientras arrastraba a Charlotte consigo, tratando de seguir de cerca a Damen conforme éste salía a trompicones, como buen quarterback que era, al aparcamiento.

Damen franqueó con el carro las enormes puertas y lo aparcó junto a un maloliente contenedor de color gris mientras se deshacía a toda prisa del mono de celador y lo arrojaba a la basura. Le alivió librarse del disfraz, aun después de tan poco tiempo. No es que fuera precisamente la clase de atuendo de héroe que se había imaginado vistiendo de pequeño, pero la misión que llevaba a cabo bien podría haber sido demasiado hasta para un Superman. Condujo el carro hasta el coche, echó un vistazo a su alrededor, abrió la puerta del acompañante, introdujo a Petula en el interior con toda delicadeza y la colocó en la postura más natural posible.

Maddy y Charlotte se metieron de un salto en el asiento de atrás, a su espalda. Charlotte miró a Petula y se recordó ocupando ese mismo asiento, jugando al «me quiere, no me quiere» mientras fingía deslizarse bajo su brazo. Le hizo gracia que ahora Petula le resultase a él casi tan invisible como lo fuera ella entonces, y de no haber muerto atragantada con un osito de goma, Charlotte estaría ahora medio ahogada de la risa por la ironía de todo aquello.

El estrépito de la puerta del acompañante al cerrarse la sobresaltó, y devolvió su atención a Damen mientras éste ocupaba a toda velocidad el asiento del conductor. Se entretuvo un segundo manipulando el espejo retrovisor, y Charlotte imaginó que la miraba a ella. Ella hizo otro tanto, perdiéndose en la mirada de aquellos ojos cálidos y afables que no había olvidado del todo, incluso después de tanto tiempo.

Gary guió a Pam, Prue y Scarlet de vuelta al hospital desde el aula de Muertología en un visto y no visto.

—Eh —las llamó él al reparar que tomaban otro camino—. Es por aquí.

—Es un momento, necesito comprobar algo antes —dijo Scarlet, caminando lentamente hacia su habitación.

Conforme se acercaban, Pam y Prue notaron que Scarlet cada vez iba más despacio, hasta que se detuvo prácticamente del todo a escasos pasos de la puerta.

—¿Qué pasa? —preguntó Pam con delicadeza.

Scarlet no respondió. No sabía muy bien qué responder. Tal vez hubiera una gran diferencia entre lo que esperaba ver y lo que razonablemente se podía esperar.

Para empezar, estaba el asuntillo aquel de ver su propio cuerpo allí tumbado. Se había visto durmiendo en fotografías ñoñas, pero la idea de contemplarse a sí misma en sus últimos hálitos de vida ya era demasiado. Y luego estaba Damen. Tal vez siguiese completamente concentrado en su adoración de Petula. No podía prever cuál sería su reacción si entraba allí y se lo encontraba en plena demostración de afecto, y ella acabaría sintiéndose culpable por estar celosa de su hermana moribunda.

—Ahora no es momento de dar la espantada —le advirtió Prue.

Pam y Prue entraron primero, rompiendo el hielo para Scarlet, que las siguió de cerca.

Ni rastro de Damen. Fue en lo primero en lo que reparó Scarlet. Vio sus cosas diseminadas por la habitación, pero él estaba desaparecido en combate. «Estará en casa dándose una ducha, tal vez», especuló. Le dolió un poco que la hubiesen abandonado, pero también la alivió no encontrárselo retorciéndose las manos de preocupación por Petula en lugar de por ella.

—Uf —suspiró Scarlet cuando se acercó a su propio cuerpo exánime.

Era justo lo que se temía. Hasta ella misma se encontró pálida, mucho más de lo habitual, y frágil. El catéter del brazo la estremeció, y el constante pitar del monitor cardiorrespiratorio la irritó igual que una de esas sirenas «mosquito» ahuyentadoras de jóvenes que supuestamente sólo pueden oír los adolescentes. Podía percibir el contorno de sus piernas bajo las almidonadísimas sábanas blancas, que se le pegaban a las rodillas y los pies como una especie de sudario de polialgodón. Eso de verse tal cual la veían los demás era una experiencia cuanto menos extraña y nada divertida.

Pam, Prue y Gary, que no querían interferir en la intimidad de Scarlet, apartaron la cortina y se colaron a hurtadillas en la zona de la habitación que ocupaba Petula para comprobar cómo estaba la cosa. Un grito ahogado más que audible devolvió a Scarlet de golpe a la realidad.

—¡Se ha ido! —gritó Pam desde detrás de la cortina, en el otro extremo de la habitación semiprivada.

—¡No! —aulló Scarlet, con una repentina sensación de ahogo—. ¡No puede haber… muerto!

—No —aclaró Prue, cogiendo a Scarlet de los hombros—. Me refiero a que se ha ido de verdad.

—Es decir, que *no está aquí* —confirmó Gary, retirando las sábanas de Petula y dejando al descubierto la cama vacía, embutida con toallas y almohadas.

—¿Dónde infiernos puede estar? —espetó Prue.

—Ésa es una posibilidad —dijo Gary sarcásticamente, metiendo baza.

—Mal asunto —advirtió Pam—. Sin su cuerpo, poco importa que encontremos su alma o no.

—¿Y si, bueno, ya sabes, y si se han llevado su cuerpo? —preguntó Scarlet muy nerviosa, apuntando a una respuesta que en realidad no quería escuchar.

—Si se han llevado su cuerpo, *¿quiénes* han sido? —preguntó Prue con firmeza, no queriendo decir lo que a los tres les pasaba por la cabeza en ese instante. ¿Se refería Scarlet al médico o acaso pensaba que Charlotte podría haberse llevado el cuerpo de su hermana para disfrutar de un paseo más permanente con ayuda de Maddy? Ninguno de los tres tenía demasiado claro qué era peor—. Pam, tú baja al depósito y comprueba si está allí —ordenó Prue, optando por descartar la teoría del secuestro por el momento.

—¡Yo no bajo ahí ni loca! —dijo Pam con voz acobardada.

En ese momento, Prue reparó en el rastro visible de Petula, su camisón de hospital, que yacía arrugado en el suelo. Empezó a reunir pistas. Se percató de que el historial de Petula seguía prendido de la cama. No estaba cerrado, lo que significaba que Petula ni había sido dada de alta ni había muerto. Finalmente, cogió sus extensiones de pelo de encima de la mesilla de noche. Le mostró la prueba a Scarlet.

—Un momento, no habrían dejado esto aquí si hubiese muerto, ¿a que no? —preguntó Prue.

Scarlet se acercó a la parte de la habitación que ocupaba Petula y la inspeccionó. Los alrededores de la cama mostraban un aspecto muy similar al de su dormitorio después de una serie de apresurados cambios de ropa previos a una cita. Reparó en unos leves restos de un tono de maquillaje y de sombra de ojos desconocidos en la almohada y percibió el olor casi imperceptible de una fragancia verdaderamente apestosa que sólo podía pertenecer a una persona, o más bien a dos.

Y entonces descubrió la pista más importante de todas. El vestido del Baile de Bienvenida de Petula también había desaparecido. O bien Petula estaba muerta y enterrada con él, o bien...

—Las Wendys —dijo Scarlet en voz alta—. Ellas se la han llevado.

—¿Para qué? —preguntó Pam, poniéndole a Scarlet los pies en la tierra—. Está medio muerta.

—Además, ¿adónde se la iban a llevar? —añadió Prue.

—Al Baile de Bienvenida —dijo Scarlet con firmeza, mostrándoles los restos de un apresurado cambio de ropa.

Scarlet se preguntó cómo era posible que Damen lo hubiese permitido. A no ser... que estuviera con ella. Al instante,

Scarlet sintió un gran vacío en el estómago. Hubiese preferido enfrentarse a su cuerpo inerte que contemplar el hecho de que Damen, quien había dicho que no se separaría de su lado bajo ninguna circunstancia, pudiese estar con Petula.

Mientras Damen se dirigía a Hawthorne High a toda velocidad, Petula se bamboleaba de un lado a otro como un péndulo roto, la boca ligeramente abierta, a cada volantazo del coche. Recordó que no era la primera vez que la veía en esas condiciones en su coche, pero en esta ocasión era del todo diferente. Se volvió hacia Petula, botando caprichosamente como uno de esos maniquíes que emplean en las pruebas de accidentes, y se dio cuenta de que hacía mucho tiempo que no estaba tan cerca de ella, aunque tampoco es que lo hubiese deseado. Aunque Petula viajase en el asiento de al lado, era Scarlet la que ocupaba sus pensamientos.

Damen había enviado antes un mensaje de texto al entrenador de fútbol y ya había empezado a extenderse como un impétigo la noticia de que estaba de camino… con Petula. Los alumnos empezaron a preparar gigantescas pancartas y mensajes de apoyo. Se pintaron enormes sábanas con las frases PETULA PISA FUERTE y ELLA HA RESUCITADO y se colgaron en las gradas. El maestro de ceremonias se puso a reescribir su discurso para la coronación, y las animadoras actualizaron los eslóganes sobre Petula que habían abandonado después de que ésta cayera enferma.

El que decía «¡Viva o muerta, Petula te deja con la boca abierta!» fue rápidamente reemplazado por uno nuevo: «A-Y-D-I-O-S-

Q-U-É-I-L-U-S-I-Ó-N», que cantaban en voz alta, animando: «¡El dedo de Petula nos mola mogollón!». Tanto chillaban que Damen casi las pudo oír desde la acera al llegar.

Todo el mundo se mordía las uñas por conocer la noticia, todos salvo los antiguos alumnos anti-Petula y las pretendientes a reina del Baile de Bienvenida que llevaban, como ella, arañando votos todo el año. Si Petula se quedaba fuera, cualquiera podía ganar. Pero su regreso abocaba a las demás a una derrota segura, sobre todo por el extra de compasión que iba a recibir después de superar la muerte y demás.

A la llegada de Damen y Petula, se abrió la verja del aparcamiento del instituto, tal y como lo había hecho siempre para la Pareja Presidencial de Hawthorne. Damen aminoró la marcha al pasar junto a la caseta y saludó al vigilante levantando el pulgar.

—Cuánto tiempo —le dijo cariñosamente aquel viejo conocido—. Me alegra verte de nuevo por aquí.

—Sí, a mí también —dijo Damen, y esbozando una enorme sonrisa prosiguió la marcha.

En realidad no era así, pero ése era el menor de los fraudes que estaba perpetrando en ese momento. Habría dicho lo que fuese con tal de distraer la atención sobre Petula. Afortunadamente para él, ella era siempre tan grosera con todo el mundo que la gente se cuidaba muy mucho de no saludarla o mirarla a los ojos por si acaso. Nunca pensó que llegaría a apreciar tanto su naturaleza condescendiente como lo hacía en ese momento.

Damen aparcó en una plaza reservada situada al pie mismo de la alfombra roja. Cuanto menos hubiese que andar, mejor. Salió y saludó a la muchedumbre de fotógrafos que esperaba ansiosamente su llegada. Rodeó el coche, impidiéndoles la vista de Petula lo máximo posible, y con suma delicadeza la cogió en brazos y la sacó del interior, asegurándose de que su cabeza quedara apoyada contra su hombro. Se giró, sosteniendo a Petula en los brazos como si fuera una novia a punto de cruzar el umbral, y permaneció quieto durante unos segundos mientras a su alrededor destellaban los flashes y el gentío exclamaba complacido.

—¿Te lo puedes creer? —dijo Maddy restregándole a Charlotte en las narices la adoración que levantaba el dúo Petula-Damen—. ¿No son geniales?

—Sí —corroboró Charlotte—. Geniales.

La exagerada sonrisa y ojos saltones de Petula resultaban una manifestación de emoción de lo más peculiar, así lo comentaron entre ellos los cazainstantáneas, pero había que tener en cuenta que era un día muy especial para ella. Un reencuentro muy especial, no sólo con Damen sino también con su estatus en Hawthorne. Damen, por otro lado, tenía puestas sus esperanzas en otro reencuentro, más suyo.

—Recuerda —murmuró Damen para sí, al caer en la cuenta de que aquellas fotografías podían incriminarle de tener éxito en hacer regresar a Scarlet—. Es todo por ti.

—¿Has oído eso? —volvió a la carga Maddy, malinterpretando una vez más las intenciones de Damen—. Está plantando totalmente a tu amiga a cambio de su hermana comatosa.

Charlotte se sentía estupefacta. Todo aquello estaba sucediendo realmente. Damen y Petula juntos de nuevo, monopolizando el foco de atención, absorbiendo los elogios, como siempre, y Charlotte relegada a un segundo plano, completamente invisible, como siempre.

Todo el mundo les gritaba preguntas y Damen apenas podía pensar. Abrigaba la esperanza de que con este primer gran estallido de admiración ella empezaría a despertar, pero no movió ni un músculo. Si de algo estaba seguro era de que no podía permanecer más tiempo allí. Tenía que seguir adelante.

—Nada de entrevistas, por favor —vociferó Damen mientras recorría la alfombra a toda velocidad y entraba en la zona restringida donde estaban aparcadas las carrozas del desfile del Baile de Bienvenida.

❧

En la oficina ya hacía más frío que en una cámara frigorífica, y Petula pasó un brazo alrededor del hombro diminuto de Virginia. Este gesto desinteresado le era tan ajeno a Petula que incluso dudó cuánto debía apretar. Virginia hizo de sus dudas una mera cuestión académica cuando se acurrucó confortablemente en la axila electrolizada de Petula, levantó los ojos hacia ella y sonrió. De pronto, la niña estaba mucho menos asustada.

—Pareces triste —dijo Virginia.

—Es que tengo tantas ganas de ir al Baile de Bienvenida. Éste es mi año.

—¿Cómo estás tan segura? —preguntó la niña con sarcasmo, haciendo gala una vez más de su experiencia como reina de belleza y de su avispado ingenio—. ¿Es que alguien se ha tirado al juez?

Petula no contestó, pero la achuchó lo más fuerte que pudo, afectuosamente, haciendo que la niña se riera por primera vez desde que estaba allí.

20

Divina Comedia

Este mundo es una comedia para quienes piensan,
y una tragedia para quienes sienten.
—Horace Walpole, IV conde de Oxford

Mejor ella que yo.

Dicen que la comedia es una tragedia que le sucede a otro. Buscamos lo cómico en la desventura de los demás sobre todo como mecanismo de defensa, pero existe un límite. La muerte no es cosa de risa. Comoquiera que ahora desfilaba ante ella, una vez más, cuanto siempre había deseado y después cedido de mala gana, Charlotte empezaba a tener la sensación de que todo aquello no era más que una gran broma cósmica con una única víctima: ella.

Las Wendys avanzaron de puntillas por el pasillo del hospital buscando la salida más rápida, y menos obvia. Deambular por el hospital con aquellos trajes tan ajustados y zapatos de tacón no es que fuera precisamente el más discreto de los medios de transporte, pero no había más remedio. Necesitaban salir del hospital y estar en Hawthorne ya mismo, de modo que ocultarse a plena vista les pareció una sabia estrategia.

—Damen se va a poner como un energúmeno —susurró Wendy Thomas.

—¿Y qué? Yo por él no me pierdo el Baile de Bienvenida.

—Ya, y tampoco es que se lo haya pensado dos veces antes de dejar a la Muñeca Zombie ahí sola.

En ese momento, la afligida pareja joven que Damen había visto antes emergió de otra habitación situada algo más adelante en el pasillo, la madre con un precioso lazo en las manos, que cayó al suelo sin que ella lo advirtiera debido a su consternación. Mientras la mujer lloraba convulsivamente, abrazando a su marido y agarrándose a él en busca de apoyo, la enfermera del control les señaló la dirección de la capilla.

—Rezamos por ella —dijo la enfermera jefe, tratando de consolarles como fuera—. Lo siento.

—Yo también —dijo Wendy Anderson muy compungida sin perder ripio.

—Qué mona —añadió Wendy Thomas con inusitada sinceridad.

Habiéndose felicitado mutuamente por esta momentánea muestra de compasión, las chicas desviaron su atención a otros asuntos de mayor trascendencia.

—El lazo —señaló Wendy Anderson con voz envidiosa—. No debería estar ahí tirado de mala manera.

—No, desde luego que no —dijo Wendy Thomas completamente de acuerdo.

—Me irá perfecto con el vestido —continuó Wendy Anderson—. Ese azul seguro que me resalta los ojos.

Las Wendys escudriñaron el lazo, se lo pensaron y decidieron que robarlo no iba a ser tarea fácil. Una sala de observación en el hospital de Hawthorne no era, después de todo, el probador de Bloomingdale's. Pero, conforme la desolada pareja dirigía sus pasos lentamente hacia la capilla, las Wendys movieron ficha.

—El desecho de una chica… —empezó Wendy Anderson.

—… es el accesorio vintage de otra —remató Wendy Thomas, y enganchando el trofeo con la afilada punta de su zapato, lo lanzó al aire hacia Wendy Anderson, que lo interceptó con una destreza espectacular, perfeccionada a lo largo del tiempo en más de una liquidación de muestrario en el centro de la ciudad.

Las candidatas del Baile de Bienvenida empezaban a ocupar sus puestos en las carrozas mientras las madres de los alumnos de Hawthorne y sus hijas pequeñas aguardaban detrás de las vallas con la esperanza de conseguir instantáneas de sus reinas en ciernes con un miembro de la corte real. Las «carrozas» eran, para ser más exactos, coches decorados con esculturas de papel maché, serpentinas de papel higiénico tintado y cartón, pero el cuerpo estudiantil de Hawthorne y sus antiguos alumnos no tenían reparo en dejar de lado su sentido crítico. Aquél era su particular desfile del Torneo de las Rosas[13], por mucho que a ojos de los menos imaginativos no fuera más que una especie de ridículo derbi de coches de juguete en un camping de caravanas cutre.

La candidata efepé, una técnica de peluquería, había remodelado su Ford Pinto en forma de secador de pelo. Era ya tradición que cada año todos los «efepés» hicieran piña en torno una de los suyos, contra viento y marea, e intentaran colarla con sus votos en la corte del Baile de Bienvenida. Estaban habituados a ser los últimos, de modo que su sola presencia allí constituía para ellos un triunfo anual.

Luego estaba la candidata guarra cuya carroza era más digna del escaparate de la tienda local de Victoria's Secret. A nadie le sorprendió que su acompañante fuese Josh Valence. Él y su alma máter suscitaban entre los alumnos de Hawthorne el más hondo desprecio, cosa que a él no le importaba ni lo más mí-

[13] El Torneo de las Rosas, con su famoso desfile y torneo de fútbol americano, el Rose Bowl Game, es uno de los más destacados eventos culturales y deportivos de Estados Unidos.Se celebra todos los años en Pasadena, California. *(N. de la T)*

nimo. Siempre estaba dispuesto a chulearse delante de una multitud, aun delante de una que le odiase.

Damen lanzó una mirada asesina a la pareja, y a Josh en particular. En el fondo, toda la historia esta de Petula era culpa suya. «Pero ¿quién deja tirada a una chica hecha polvo en el camino de entrada a su casa y se pira?», pensó Damen. Petula tampoco es que fuese una santa, pero a su lado parecía la Madre Teresa.

Las Wendys no tenían carroza, sólo unos rutilantes descapotables deportivos de color rojo caramelo, que de momento se veían desocupados. Eran de un buen gusto sorprendente, pero tan parecidos el uno al otro, que sólo se podía deducir que pretendían dividir deliberadamente el voto, para así garantizarle a Petula el primer puesto en el recuento final.

Petula había optado también por el enfoque discreto, exceptuando el color rosa chillón de su Corvette. No le gustaba que nada ni nadie la eclipsase, ni siquiera su propia carroza, de modo que el tono de la pintura del coche había sido meticulosamente combinado con su vestido.

Damen sentó a Petula sobre el respaldo del asiento trasero del descapotable y se colocó a su lado, sonriendo a la muchedumbre mientras la sujetaba como un ventrílocuo a su marioneta. La agarró del codo y, elevándolo, flexionó el brazo adelante y atrás, a modo de saludo. Empezó a sudar un poco a la vez que un sentimiento de pavor auténtico empezó a arrugar la sonrisa falsa que se había fabricado para él.

¿Y si Petula moría en el campo de batalla? El responsable sería él y seguramente lo acusarían de secuestro y asesinato. En segundo grado, como mínimo. Caso cerrado. Podía contar con que las Wendys llegarían a un acuerdo para testificar en su contra, aunque se le ocurrió que tampoco les habría importado verse citadas en los periódicos como elementos «accesorios» del delito. Y él lo perdería todo: su libertad, su futuro, y lo más importante de todo, a Scarlet.

Se imaginó protagonizando uno de esos reportajes especiales de los programas informativos en los que retratan criminales y donde exhortan al telespectador a preguntarle a su televisor: «¿Qué clase de persona sería capaz de hacer algo así?». A pesar de la crisis autorrecriminatoria, ya no había marcha atrás. Le hizo una señal al chófer para indicarle que estaban listos, y arrancó la procesión. El coche de Petula era el último de la caravana.

Charlotte y Maddy se colaron en el asiento de atrás y miraron a la pareja.

—¿Por qué no te subes ahí con ellos? —sugirió Maddy—. Mira a toda esa gente.

Charlotte no había visto nunca a Maddy tan embelesada, algo del todo sorprendente puesto que no la consideraba una persona en exceso sociable ni del tipo sentimentaloide capaz de llegar al éxtasis con un desfile de Baile de Bienvenida.

—Puede ser divertido —dijo Charlotte, tratando en vano de disimular las ganas.

Sentarse en lo alto del respaldo del asiento trasero con ellos fue toda una experiencia. Los gritos de la muchedumbre, los motores tuneados rugiendo, los cláxones pitando, la música atronadora, todo era escandaloso y alegre. Era emocionante.

Damen procedió a mover el brazo de Petula en uno de esos típicos saludos que agradan a la multitud y fijó en su propio rostro una enorme sonrisa permanente. Mientras los coches daban vueltas por la pista, Charlotte se sintió abrumada por los gritos de ánimo y los piropos que les lanzaban desde las gradas. No le hizo falta imaginarse lo que sería estar en aquel coche, junto a Damen. Estaba allí. Ahora.

Charlotte ya no podía oír la voz de su conciencia. La única voz que parecía llegarle a través del griterío ensordecedor era la de Maddy.

—Es tan increíble lo que está haciendo por ella. Debe de estar verdaderamente enamorado de Petula.

—Lo estuvo una vez —corroboró Charlotte—. Pero pensaba que eso ya era historia.

—Tú puedes frenar todo esto, Charlotte. Puedes haceros regresar a Petula y a ti.

Cada chica era presentada por los altavoces y aplaudida educadamente por el público conforme su coche se aproximaba a la tribuna, pero la multitud estalló extasiada cuando el coche de Petula llegó a la altura de las gradas. Charlotte disfrutó del baño de multitudes mientras Petula era presentada con la lectura de su minibiografía —Petula la había escrito de su puño y letra para la ocasión— por sistema de megafonía:

PETULA KENSINGTON ES ALUMNA DE ÚLTIMO CURSO DE HAWTHORNE HIGH.

LE GUSTAN: LOS CHIGUAGUAS, LA DEPILACIÓN BRASILEÑA Y LAS HAMBURGUESAS VEGETARIANAS CON PAN INTEGRAL DE QUINCE CEREALES.

NO LE GUSTAN: LA NEGATIVIDAD Y LOS COLORES MARRÓN Y NEGRO, SOBRE TODO CUANDO SE COMBINAN JUNTOS.

Es la capitana interina del equipo de animadoras, que bajo su liderazgo ganó el prestigioso galardón triestatal al entusiasmo. Ha completado además un año de servicio a la comunidad con garbo y dignidad, arremangándose tres cuartos y ayudando al prójimo sirviendo café y limpiando mesas. Ha cambiado la actitud de la gente hacia los voluntarios, erradicando los prejuicios al servir las tazas de una en una. Además, ha ejercido presión sobre el departamento de servicios correccionales a fin de instituir el empleo de ropa carcelaria, uniformes de trabajadores sociales y accesorios más acordes con la moda. La señorita Kensington proyecta emplear la corona y su título para devolver la esperanza a la comunidad y lanzar su propia colección de ropa, que, de tener éxito, se ampliaría con muñecas a su semejanza.

La masa de fans de Petula gritaba enfebrecida, ahogando a los contingentes de la candidata efepé y la candidata guarra tal y como se esperaba, y Charlotte empezaba a sentirse igual de incapaz de controlarse. Para Petula, eran momentos como éste los que daban razón a su existencia, para los que vivía y hacía planes. Momentos tan intensos, tan irracionalmente gratificantes para el ego, que hasta eran capaces de arrancar a una chica moribunda del borde del abismo, y con suerte, eso esperaba Damen, traer con ella de regreso a su hermana.

—Es ahora o nunca —le gritó Damen a Petula en el oído, lo suficientemente alto como para que Maddy y Charlotte le oyeran.

Todo lo que Charlotte había deseado siempre estaba allí delante, a su alcance. Sus ojos se encontraron con los de Maddy y detectó en ellos un destello, un regocijo y un placer aterrador desconocidos.

—Ha llegado tu hora, Charlotte —la espoleó Maddy con mayor insistencia si cabe—. Ya le has oído, es ahora o nunca.

Charlotte miró a Damen y Petula y de nuevo a Maddy, completamente confundida.

—Pero ¿y qué pasa con Scarlet? —preguntó con un hilo de voz.

—Vas a hacerles un favor a todos —la apremió Maddy—. Hazlo. ¡Ahora!

Los aplausos, los gritos, los acelerados motores de los coches, las luces, todas las señales parecían confirmar las palabras de Maddy. La multitud quería que Petula regresase, y Scarlet, y por lo visto hasta Damen la quería de vuelta. Y ella era la única que tenía en su mano hacer que sucediera.

Alargó el brazo lentamente hacia Petula y apoyó la mano cerca de su corazón.

—Charlotte —la llamó una voz desesperada desde el otro extremo del campo de fútbol.

—¡Scarlet! —gritó Charlotte, que se quedó estupefacta al ver a su amiga corriendo hacia ella.

En un primer momento no estuvo demasiado segura de si Scarlet estaba furiosa con ella o con Damen, pero conforme se acercaba, con Pam y Prue, más claro le iba quedando.

—¿Qué estás haciendo? —gritó.

El horror estampado en el rostro de Scarlet y la decepción de los rostros de Prue y Pam eran más de lo que podía soportar. Charlotte se quedó sin habla. Maddy, ni mucho menos alterada por la aparición de la pandilla, salió en su defensa.

—A lo mejor deberías ocuparte un poco más de tus asuntos, ¿no crees? —le advirtió Maddy señalando el brazo con el que Damen tenía a Petula cogida por la cintura.

Scarlet levantó la vista y no le hizo ninguna gracia ver a Damen tan cerca de Petula.

—Esto… no es lo que parece —tartamudeó Charlotte—. No soy una puta asaltadora de cuerpos.

—Es verdad —intervino Prue, aclarándoselo a Scarlet—. No lo es.

—Ella sí —Pam se giró y señaló a Maddy con un dedo acusador.

Maddy se limitó a sonreír mientras las chicas la miraban con ojos asesinos. Charlotte no dijo palabra.

—Pues vas a necesitar algo más que suerte para demostrarlo —se rió Maddy—. No era yo la que estaba sentada ahí arriba, asediando a Petula como un tiburón para conseguir a Damen.

—Pero tú me has dicho que lo hiciera —le dijo Charlotte a Maddy—. Yo sólo lo iba a hacer para ayudar a…

Charlotte no sonó demasiado convincente al grupo que la rodeaba porque ni ella misma estaba segura ya de cuáles eran realmente sus motivos.

—Sólo quería hacer lo correcto —farfulló Charlotte.

—¿Para quién? —la reprendió Scarlet—. ¿Para ti o para mí?

—Oye, que no fue ella quien corrió a llamar a *tu* puerta —dijo Maddy, jugando a dos bandas.

—No me vengas con ésas —atajó Scarlet recorriendo con la vista el campo—. Charlotte quería todo… esto.

—Para el carro —la interrumpió Pam—. Maddy es la que ha estado tramando esto desde el principio.

—Venga ya —argumentó Maddy en su defensa—. Charlotte ya es mayorcita. No me eches a mí la culpa de sus decisiones.

Pero Pam no estaba especulando solamente. Le hizo un gesto a Prue indicándole que había llegado el momento de decir lo que sabían.

—Recibí una llamada —le dijo Prue a Maddy de manera insidiosa— de una conocida tuya justo después de que Charlotte llamase para decir que estaba enferma.

Charlotte encogió un tanto los hombros, reconociendo en silencio lo ridículo que era que una chica muerta se saltara el trabajo con la excusa de que estaba enferma.

—La llamada de una joven y prometedora estrella con un complejo de culpa casi suicida —continuó Pam— porque su amiga, *Matilda,* había muerto misteriosamente cuando ambas competían por un papel que las catapultaría a la fama.

—Por lo visto, Maddy, que es como la llamaban, era una niña estrella venida a menos que vivía en Las Vegas… —prosiguió Prue.

—Sin City, la ciudad del pecado —apuntó Scarlet.

—Y estaba desesperada por hacerse con el papel —dijo Pam—, confiando en que sería su gran regreso a las pantallas.

—¿Regreso de dónde? —ironizó Scarlet—. No he oído hablar de ella en mi vida.

—Convenció a su amiga de que era esencial que se inyectaran en las axilas unos chutes de Botox, que había conseguido en el mercado negro —explicó Prue—, para que en la audición la cámara no captara las marcas de sudor.

—Probado en actrices, nunca en animales —dijo Scarlet con aire dramático.

—Bueno, el caso es que a las pocas horas de inyectarse los chutes la una a la otra —dijo Prue—, Maddy empezó a mostrar evidentes síntomas de botulismo. Boca seca, visión borrosa, problemas respiratorios, debilidad muscular. El kit completo.

—¿Os contó la amiga si se cagó encima? —preguntó Scarlet, hostigando a Maddy—. He oído que también pasa.

—La hospitalizaron y se perdió la audición, obviamente, y su amiga consiguió el papel —concluyó Prue—. Maddy murió dos días después por complicaciones derivadas de la misma enfermedad.

—No acabo de entenderlo —dijo Charlotte sondeando a Prue para obtener más información—. ¿Qué hizo Maddy de malo?

—Su amiga no les creyó —dijo Prue—, pero la policía determinó que la inyección con la sobredosis era para ella, no para Maddy. La muy pardilla se confundió de jeringa y salvó su vida en el proceso.

—Pues debía de ser un papel de *muerte* el que se disputaban —opinó Scarlet con socarronería.

Incluso en medio de aquel amplio espacio abierto al aire libre, Maddy sintió que el mundo se le venía encima.

—Morir así —añadió Prue— es algo que te persigue para siempre allá donde vayas.

—Necesitaba corromper a alguien más —dijo Pam— para poder ir...

—¡¡¡Al infierno con todas vosotras!!! —exclamó Maddy con la voz cascada, como si acabase de hacer gárgaras con un puñado de piedrecillas.

—Exacto —dijo Prue—. Así es como se avanza en *su* mundo.

Charlotte mantuvo la calma y escuchó impasible el cotorreo fantasmal, procesando la revelación de la que estaba siendo testigo.

Conforme rodaban lentamente hacia el escenario como en una suerte de coche de payasos sobrenatural, Charlotte se volvió hacia Scarlet, que tenía los ojos clavados en Damen, el cual, a su vez, tenía agarrados a Petula y al reposacabezas del Corvette y se preparaba frenéticamente para no sabía muy bien qué. Charlotte casi podía ver los segundos pasar en tanto las pupilas de Scarlet y Damen se dilataban, más y más, en respuesta a la histeria creciente de la multitud y a su propia desesperación, también en aumento. Ya había escuchado suficiente. También ella debía sincerarse de una vez por todas. La calma y sosiego espirituales que alcanzara en el Baile de Otoño el año anterior la embargaron de nuevo, y Pam, como siempre, fue la primera en percatarse del cambio en su expresión.

—No pareces demasiado sorprendida ¿eh, Charlotte? —preguntó Pam extrañada.

—No lo estoy —dijo Charlotte dejándolas a todas estupefactas, Maddy incluida—. Lo he sospechado desde el principio

Maddy hundió la cabeza con rabia, no tanto porque hubiesen desenmascarado sus aviesas intenciones, que las tenía, sino por cuanto había sido vencida por alguien a quien consideraba tan patética.

—¿Y por qué no dijiste nada? —preguntó Pam—. Podíamos habernos deshecho de ella.

—Ten cerca a tus amigos —instruyó Charlotte—, pero ten aún más cerca a tus enemigos.

—Filosofía de gángster —murmuró Scarlet con un gesto de aprobación—. Querías saber qué se traía entre manos antes de dar un paso en falso.

—Antes de que Scarlet entrara en escena, yo era la única para quien ella suponía una amenaza —explicó Charlotte—. Pero en cuanto se ofreció a venir a Hawthorne supe que Maddy quería hundirnos a todas.

—¿Lo tenía todo planeado? —preguntó Scarlet.

—No del todo —explicó Charlotte—. Al principio, yo era su único objetivo. Pero la llamada que Maddy respondió en mi lugar era de Scarlet —continúo—. Cuando averiguó lo que Scarlet planeaba hacer para salvar a Petula, se le presentó una oportunidad mucho mejor.

—Supuso que Scarlet se quedaría atrapada en Muertología tratando de cruzar al otro lado —dijo Pam asintiendo con la cabeza, ahora que todo empezaba a cobrar sentido—, ocupando un sitio que no le correspondía.

—Les habría impedido a *todos* cruzar al otro lado —coincidió Pam—, habría acabado con esa clase entera y evitado que Scarlet llegara a ti.

—Pero al presentarse Scarlet —continuó Charlotte— tuvo que cambiar de planes.

—Se ofreció a ayudaros —dijo Pam— porque si te convencía de que hicieses regresar a Petula, podía condenar no sólo tu alma, sino la de Petula y la de Scarlet también.

—Me entró la codicia —dijo Maddy —. Denunciadme.

—Nos has salvado la vida —dijo Scarlet solemnemente, ahora que empezaba a percibir la magnitud del sacrificio de Charlotte—. Y algo más.

—Un momento, entonces ¿llamaste diciendo que estabas enferma para obligarnos a ir a buscarte? —preguntó Pam encajando las piezas.

Charlotte sonrió confirmando la teoría de Pam.

—Y sabías que eligiera el camino que eligiera Maddy, yo cogería la dirección opuesta —dijo Scarlet.

—Sí, reconozco que contaba con tu Trastorno Negativista Desafiante —dijo Charlotte soltando una risita.

—Entonces, lo de ir por ahí deprimida, lo de la posesión de Petula y todo lo demás —preguntó Prue—, ¿era todo fingido?

—No del todo —reconoció Charlotte con sinceridad y algo avergonzada—. Que conociera las intenciones de Maddy no significa que no me sintiera tentada. Me ofreció todo lo que echaba de menos, todo lo que deseaba. Costaba resistirse... y a punto estuve de no hacerlo.

—Yo sólo estaba haciendo mi trabajo —le graznó Maddy a Charlotte—. No te lo tomes como algo personal.

—Sí, eso es lo que dice la gente después de joderte la vida —le espetó Scarlet.

—Además, ¿qué tiene de maravilloso hacer el bien? —dijo Maddy volviendo al ataque—. ¿Qué habéis conseguido con ello? ¿Un curro de teleoperadora?

—La gente dice que una buena obra es en sí su propia recompensa —respondió Charlotte, con su brújula moral completamente reajustada y haciendo horas extra.

—Y el infierno —le espetó Maddy— está lleno de buenas intenciones.

—Mándame una postal cuando llegues —la interrumpió Prue.

Maddy no encontraba razones para seguir allí mucho más tiempo. Tal vez había perdido el primer asalto, pero el combate no había hecho sino empezar, y estaba segura de que se le presentarían otras oportunidades para ganarse los cuernos. Miró de reojo a Damen y Petula sentados en el maletero del Corvette, le guiñó un ojo maliciosamente a Scarlet y movió ficha.

—Si Charlotte no quiere regresar —estalló Maddy—, yo sí —y se tiró de cabeza al cuerpo de Petula. La devolvió a la vida como si acabase de recibir una descarga de diez mil voltios con un desfibrilador.

—¡Detenla! —gritaron impotentes Pam y Prue cuando Maddy se les escurrió de las manos, pero era demasiado tarde. Esta vez la posesión no tenía que ser consensuada.

El cuerpo de Petula se incorporó lentamente de su asiento hasta quedar de pie y alzó los brazos en un gesto triunfal mientras la multitud la aclamaba entusiasmada.

—¡He vuelto! —gritó Petula, expresando los sentimientos más íntimos de Maddy y los suyos.

Damen se levantó de un salto con exclamaciones de alegría, por cuanto su estratagema parecía que funcionaba por fin. Un segundo después, le dio por pensar que tal vez estuviese funcionando demasiado bien, porque Petula acercó las manos hasta su cara, abrió una boca enorme y le atrajo hacia sí para que ambos se fundieran en un baboso beso con lengua.

—¡Petula, no! —gritó Damen, forcejeando para mantenerla a raya mientras la lengua de ella restallaba en el aire delante de él.

El clamor de la multitud se intensificó presa de la expectación. El espectáculo superaba con mucho lo que esperaban.

Ni empleando todas sus fuerzas conseguía Damen sacarse a Petula de encima. Era como si estuviese poseída o algo así. Scarlet los miraba aterrada.

—¡Charlotte! —gritó Scarlet—, ¡por favor, haz algo!

Charlotte no se lo pensó dos veces y se zambulló en Petula, justo a tiempo de impedir el morreo. La primera vez que había intentado poseerla también estaban en un coche, recordó, pero lo de ahora no era la clase de Educación Vial. Como bien había dicho Markov: «Ahora no es entonces». Habitar el interior de Petula resultó ser cuanto Charlotte había imaginado, y una sobrecarga de sensaciones invadió sus sentidos. Era como visitar el más caro de los grandes almacenes con una cuenta corriente ilimitada. Todo era asequible. Nada era imposible.

La muchedumbre enfervorizada, los flashes de las cámaras, los cantos y gritos de ánimo, la planísima tripa, los perfectos pechos, las tonificadas piernas, el durísimo culo, el vestido perfectamente ajustado al trabajado cuerpo de Petula... era como una música ensordecedora brotando de la cabina de un pinchadiscos en una discoteca desierta. Una sensación turbadora, adictiva, saturante, como si el ser de Petula se nutriera de aprobación y excitación. Naturalmente que el mundo se veía de otra forma a través de los ojos de Petula. Damen tenía razón: si algo podía hacerla despertar era el Baile de Bienvenida.

Resultó que lo más emocionante de todo no estaba dentro de Petula, sino fuera. Era el tacto de Damen. Podía sentir sus cálidas manos en el hombro y el antebrazo de Petula, sujetándola firmemente, a la fuerza, en el asiento del coche. Había pasado mucho tiempo desde que sintiera su tacto, y tan pronto lo notó se dio cuenta de lo mucho que hacía de ello. Mientras Charlotte seguía sintiendo con la piel de Petula, mirando con sus ojos, escuchando con sus oídos, la odiosa risita de Maddy logró de algún modo llegar hasta ella. Charlotte se giró para plantarle cara. Al final Maddy se había salido con la suya ¿verdad?, pensó Charlotte. Maddy la había tentado. Charlotte había poseído a Petula.

—¿Qué se siente al ser una más de la gente guapa? —preguntó Maddy con tono seductor.

Sin mediar palabra, Charlotte se aproximó a Maddy, como si fuera a abrazarla agradecida.

—Ese es un papel que nunca vas a tener que molestarte en interpretar —le susurró Charlotte en el oído a la vez que trataba con todas sus fuerzas de someter a su traicionera compañera de habitación, luchando a vida o muerte por Petula y Scarlet.

Mientras el coche recorría la pista hacia el recinto de ganadores, el cuerpo de Petula empezó a ser zarandeado, hacia delante y hacia atrás, por el combate que en su interior lidiaban Charlotte y Maddy. A los ojos de la fascinada multitud, era como si Petula cabecease al son de la música, y todos se apresuraron a imitarla. Muy pronto, las gradas eran un mar de cabezas bamboleantes y cuernos roqueros, pero sólo hasta que Charlotte echó a Maddy a patadas igual que a una borracha menor de edad en la fiesta de Navidad de la Junta Estatal de Control de Licores.

—¡Largo! —chilló Charlotte echándola.

Petula se desmoronó de repente. Damen, sorprendido, la cogió y evitó que fuera a estrellarse contra el maletero del coche. Maddy evacuó el cuerpo de Petula y Charlotte la siguió de cerca, ahuyentándola.

—Adiós, penosa-tanás —se burló Scarlet.

—Nos volveremos a ver —gritó Maddy en tono amenazador mientras desaparecía entre la multitud.

Charlotte chocó los cinco con Pam y Prue y recibió un fuerte abrazo de Scarlet.

—¿Qué ha pasado ahí dentro? —preguntó Scarlet.

—No lo quieras saber —dijo Charlotte.

—Bueno, lo que sí sé es que has echado a patadas a ese espantajo desquiciado —vociferó Scarlet orgullosa de su amiga una vez más.

—¡Mira por donde, la que decía que yo era una cabrona! —bromeó Prue, obteniendo más gruñidos que risas de sus fantasmales amigas.

Cuando se apagaron las risas, Scarlet miró a Charlotte y sintió que había llegado el momento de hacer las paces.

—Siento haber dudado de ti.

—No lo sientas —dijo Charlotte con toda sinceridad—. La verdad es que no estoy muy segura de lo que habría hecho si no os llegáis a presentar en ese preciso momento.

Scarlet entendía la razón de sus dudas.

—Además —le recordó Charlotte a Scarlet modestamente—, es a Damen a quien tienes que darle las gracias. Él sabía que sin Petula tú no podías regresar. También ha intentado recuperarla a ella, pero lo ha hecho principalmente por ti.

Por no hablar, pensó Scarlet, del forcejeo para impedir que Maddy *y* Petula le besaran. Una proeza nada despreciable.

—Seguro que le importas, y mucho —añadió Pam.

Para Scarlet el apoyo de sus amigas significaba un montón, la animaba. Pero antes de que tuviera tiempo de recapacitar sobre ello, el monitor del tobillo de Petula empezó a pitar.

A Damen le entró el pánico, pero no tenía la menor intención de irse de allí. Había estado a punto de hacerla regresar, y el único as que le quedaba en la manga era la coronación. Si eso no funcionaba, lo que pudiese ocurrirle a Petula tampoco es que fuera a empeorar mucho más la situación, ya estaba medio muerta.

—Nos quedamos aquí así esto acabe conmigo —dijo Damen mientras el brazalete del tobillo seguía monitorizando cómo la vida de Petula se iba apagando—, o contigo.

De pronto aparecieron las Wendys, que, al volante de sus bólidos color cereza, se aproximaban a toda velocidad para ver a Petula. Cuando estuvieron a la altura de su coche, aminoraron la marcha y comprobaron que las cosas no le pintaban nada bien.

—Dame eso —ordenó Damen, señalando con el dedo el lazo que Wendy Anderson llevaba atado al cuello.

Sin pensárselo, Wendy se lo lanzó de mala manera y él lo enrolló alrededor del monitor para ahogar el implacable pitido intermitente que parecía la cuenta atrás para un tristísimo final.

—¡Gilipollas! —gritó Wendy al constatar que Petula siempre conseguiría lo que quisiese, estuviera consciente o no.

El lazo permaneció prendido al monitor durante un rato y luego salió volando del coche y fue a aterrizar en el suelo.

—Deprisa —chilló Scarlet, consciente de lo crítico de la situación—. Tenemos que dar con el espíritu de Petula inmediatamente.

Charlotte recogió el lazo del suelo y se lo metió en el bolsillo como recuerdo de una noche inolvidable.

21

Nos convertiremos en siluetas

I've seen you laugh at nothing at all
I've seen you sadly weeping
The sweetest thing I ever saw
Was you asleep and dreaming.
—The Magnetic Fields

(Te he visto reir por nada / te he visto llorar amargamente / lo más tierno que jamás he visto / has sido tú, dormida y soñando.)

Sólo sienten desamor quienes antes han sido amados.

Cuando has amado, tu alma no lo olvida, por mucho que sí lo haga tu mente. El amor pasa a formar parte de tu ADN, tu esencia. Es sabiduría y pensamiento, arraigados en lo más íntimo del corazón y del alma. Y ello puede ser una bendición y una maldición. No hay forma posible de rellenar el vacío, ni tratamiento eficaz contra el dolor persistente del amor perdido, salvo su regreso.

Gary estaba apostado en el pasillo, junto a la puerta de la habitación de Scarlet, cuando llegaron Charlotte, Scarlet, Pam y Prue.

—¿Se puede saber dónde estabais? —dijo frenéticamente—. Tengo que regresar.

—Gracias por esperar —dijo Scarlet—, y por echarme un ojo. De verdad que acabas de reciclar mi fe.

Gary soltó una carcajada y reparó en la desconocida que se había unido a la manada.

—Tú debes de ser la Famosa Charlotte.

Charlotte asintió. Ese apodo le gustaba bastante.

—He oído hablar mucho de ti y tus compañeros de clase —dijo Charlotte—. Gracias por vuestra ayuda.

—¿Has encontrado la oficina de ingresos? —preguntó Prue.

—Sí —respondió Gary—. Yo estoy listo, así que cuando queráis.

Scarlet se asomó a la habitación y se echó un vistazo. Tenía mal aspecto. Petula no era la única a la que se le agotaba el tiempo.

—Lista —dijo, y todas siguieron a Gary escaleras abajo.

Por el camino, Charlotte y Scarlet tuvieron la oportunidad de hablar, de dejar al lado sus diferencias, aun cuando aparentemente estuviera ya todo perdonado.

—Antes, en el Baile de Bienvenida, no he sido del todo sincera contigo —admitió Charlotte.

—¿A qué te refieres? —preguntó Scarlet.

—Pues verás, sí que es cierto que desde el principio intuía que Maddy no era trigo limpio —dijo Charlotte—, pero aun así destapó algo que ocurría en mi interior. Ver a Damen de nuevo, contemplar a Petula en el Baile de Bienvenida..., unos minutos más y probablemente habría caído en su trampa.

—A mí lo único que me importa es que llegado el momento de escoger entre hacer lo correcto o lo equivocado —la tranquilizó Scarlet—, decidiste hacer lo que era correcto.

—Supongo —contestó Charlotte—. Pero no es sólo eso.

—Te escucho.

Ahora Charlotte hablaba tanto para Scarlet como para sí misma.

—Hace tiempo que trato de hacerme a la idea de que voy a estar atrapada aquí para siempre —dijo Charlotte compadeciéndose un poco de sí misma—. La plataforma telefónica, el apartamento, las literas, la iluminación, los ascensores, no son más que pequeñas ilusiones del pasado, sombras de la realidad, creadas para que no nos desorientemos. No lo comentamos entre nosotros, pero todos lo sabemos.

Scarlet cerró los ojos un instante, le entristecía el destino de Charlotte y, a la vez, se sentía culpable por poder regresar a casa, recuperar su vida.

—Nunca iré a la universidad, ni me enamoraré, ni podré casarme, Scarlet —continuó su letanía con tono contemplativo.

—Si alguien puede dar con la manera de que te enamores en ese lugar, ésa eres tú —dijo Scarlet.

Charlotte esbozó una sonrisa forzada.

—Míralo así —dijo Scarlet, restando seriedad al asunto por un momento—. No vas a tener que pagar alquileres, ni divorciarte, ni menos aún pasar por la menopausia.

Charlotte se echó a reír. Siempre podía contar con Scarlet para sacarle los defectos a todo.

Dejaron de andar y siguieron hablando, mirándose a los ojos.

—A lo mejor por eso no recibo llamadas en la plataforma —añadió Charlotte—. Si ni yo misma logro tener las cosas claras, menos aún voy a poder aclarárselas a otro.

—Ya, te entiendo —dijo Scarlet, pensando en lo que acababa de hacer sólo por su novio.

—Supongo que ya estoy resignada a perderlo todo —dijo Charlotte—. Pero no veo cómo voy a resignarme a perderte a ti otra vez.

—Tal vez no debieras —dijo Scarlet—. Porque, lo que es yo, no pienso dejarte ir.

Charlotte sabía que hablaba completamente en serio. Ahora llevaban vidas distintas; es más, siempre había sido así, pero la fuerza que las atraía era aún más intensa que la que las separaba.

Petula y Virginia habían estado contándose anécdotas y riendo, pasando el rato tan entretenidas que casi olvidaron que seguían esperando para irse. La diversión y los juegos fueron interrumpidos bruscamente por el sonido de unos pisotones provenientes, una vez más, de algún punto alejado del pasillo.

—Vuelvo a oír pasos —dijo Virginia muy nerviosa—. A lo mejor ya es la hora de irnos.

Petula también los oía, pero le parecieron más producto de una miniestampida que de los andares de una enfermera.

—A lo mejor —dijo Petula con inquietud.

Ahora los pasos se acercaron más y más, hasta que pudieron oírse justo al otro lado de la puerta.

—Ya está —susurró Petula mientras apretaba con fuerza la mano de Virginia.

—Ya está —dijo Gary empuñando el pomo de la puerta y haciéndolo girar.

La puerta se abrió de par en par como si un grupo especial de asalto la hubiese tirado abajo.

—¡Pero qué...! —chilló Petula cuando vio entrar como una exhalación a una pandilla de desconocidos seguidos de cerca por su hermana.

—¡Petula! —gritó Scarlet con un sentimiento de júbilo y felicidad que no había sentido por su hermana desde que eran niñas.

—¡Scarlet! —chilló Petula con igual entusiasmo.

Las hermanas corrieron la una al encuentro de la otra y, justo cuando estaban a punto de fundirse en un monumental abrazo, vacilaron y se pusieron a dibujar círculos una alrededor de la otra, con los brazos abiertos suspendidos en el aire, abrazando la nada.

—Te has tomado tu tiempo —se quejó Petula. Luego miró a un lado y vio a Charlotte—. Yo a ti te conozco —dijo con cautela—. Eres la chica esa que murió en el instituto y luego me secuestró.

—Charlotte —dijo Charlotte débilmente.

Se quedó boquiabierta por espacio de unos segundos al comprobar que Petula la había reconocido. Incluso ahora, un reconocimiento así seguía siendo un halago para ella.

—Pero si tú estás aquí —razonó Petula, señalando a Charlotte—, entonces es que estoy muerta.

—No del todo —dijo Scarlet, mirándola con compasión—. Pero…

—Casi —remató Charlotte.

—Hemos venido para llevarte de regreso —explicó Scarlet.

—¿De regreso adónde?

—A tu vida —dijo Scarlet con sinceridad—. Has de regresar junto a los que quieres y te… quieren.

Durante todo este rato, Virginia las estuvo observando desde el otro extremo de la habitación, junto a la mesa vacía. Ella también había aprendido a apreciar a Petula, a su manera, y le alegró comprobar que estaba a salvo.

—¿Quién eres? —le preguntó Scarlet a la niña.

—Eso es información privilegiada.

—Ya veo que has estado hablando con mi hermana —se rió Scarlet subrayando su actitud.

Petula sonrió a Virginia rápidamente, para evitar que nadie más la viera. Estaba orgullosa de su protegida y de la impresión que a todas luces le había causado en tan poco tiempo.

—No pasa nada —la tranquilizó Petula, medio en broma—, puedes cooperar.

—Soy Virginia —dijo acercándose a cada una de las chicas y tendiéndoles la mano con educación—. Encantada de *conocerme.*

Todas comentaron lo joven y bonita que era, y Petula se sintió un poco celosa, si bien insólitamente orgullosa a un tiempo. Una vez hubieron acabado con las cortesías, Scarlet le susurró a Petula que debían ponerse en marcha.

—Bueno, ya está bien de tanta charla —dijo Petula—. Tenemos que irnos. Virginia, ven conmigo.

En ese preciso momento, se abrió la puerta trasera de la oficina y una vieja enfermera de aspecto desaliñado pasó al interior y fue a sentarse a la mesa. Traía consigo un expediente, abrió la carpeta y le echó un vistazo.

—Virginia Johnson —dijo—. ¿Hay aquí alguna Virginia Johnson?

Todos se quedaron petrificados. Petula tardó un segundo, pero hasta ella empezó a deducir lo que allí estaba pasando.

—Virginia —insistió Petula—. Ven con nosotros.

La niña quería correr hacia ella, pero no lo hizo, comprendiendo de forma instintiva lo que Petula se negaba a aceptar.

—No puede venir con nosotros —dijo Pam lastimeramente.

—Oh —dijo Petula con la voz tomada por la emoción.

—Petula —la urgió Scarlet, tratando de controlar ella también la angustia que le atenazaba la garganta.

—No. No. No. No. No, por favor —imploró Petula—. Me quedaré.

Era la primera vez que Scarlet veía a Petula hacer semejante gesto de altruismo. Incluso logró conmover a Pam y Prue, y eso que ellas ya hacía mucho tiempo que habían dejado atrás sus emociones y el dolor del desconsuelo y la pérdida.

—Escucha —le dijo Prue con delicadeza y firmeza a la vez—. Si no nos vamos ya, no tendrás elección.

—Por favor, tengo miedo —gimoteó Virginia—. Quiero irme contigo.

Petula rompió a llorar. Pam y Prue la consolaban mientras ella extendía los brazos en el aire frío y vacío de la habitación, tratando en vano de alcanzarla.

—Virginia Johnson —volvió a llamar la enfermera, impasible.

La niña miró a Petula en busca de orientación, y a través de las lágrimas Petula reunió el ánimo suficiente para recomponerse y darle a Virginia el mejor de los consejos.

—Todo irá bien —le dijo.

—Soy yo —contestó la niña al fin a la llamada de la enfermera, los ojos clavados en los de Petula, buscando consuelo.

—Ojalá tuviese alguna forma de reconfortarla —sollozó Petula—. Algo que darle.

Charlotte se acercó a Petula, se metió la mano en el bolsillo y extrajo el lazo.

—Dale esto —dijo—. De todas formas creo que es suyo.

—Gracias —le dijo Petula a Charlotte sinceramente agradecida.

Petula se acercó a Virginia y la abrazó como si ya nada pudiera separarlas jamás. Sacó el lazo y empezó a arreglarle el pelo, surcando su melena con los dedos muy despacio, arriba y abajo, para finalmente recogérselo en una trenza y prenderla a la perfección con el lazo azul eléctrico.

—Siempre serás hermosa —dijo Petula, obsequiando a la niña con el mejor elogio que podía invocar.

Se volvieron a abrazar las dos, cada una tratando de ser fuerte para la otra.

—Y siempre seré joven, también —bromeó Virginia entre lágrimas.

Mientras Petula se reía agitadamente entre lágrimas, Charlotte se acercó a ellas e hizo un ademán en dirección a la enfermera.

—Es la hora —dijo.

Todos miraron con atención mientras Virginia andaba hasta la mesa, rellenaba los papeles necesarios y cogía su etiqueta.

—¿Y ahora dónde voy? —preguntó la pequeña inocentemente.

Charlotte miró a Virginia a los ojos y leyó en ellos el pesar con el que ella estaba tan familiarizada.

—Te acompaño —se ofreció haciendo un gesto de asentimiento a Petula para que dejara de preocuparse.

—Mi amiga Charlotte cuidará muy bien de ti —dijo Petula.

Jamás había imaginado Charlotte que viviría lo suficiente para escuchar aquellas palabras de labios de Petula, pero todo llega para el que sabe esperar, pensó.

—Asegúrate de que recibe el tratamiento estrella.

—Lo haré —prometió Charlotte—. Lo mejor de lo mejor.

—Ojalá pudiera quedarme —dijo Petula, abrazando a Virginia una última vez.

—Una persona muy sabia me dijo en una ocasión —explicó Virginia— que a veces tienes que renunciar a ciertas cosas.

Petula sonrió, le hizo un gesto de despedida con la mano y, dando media vuelta, se dirigió hacia la puerta con Pam y Prue.

—Es la hora, Virginia —dijo Pam—. Vas a llegar tarde a clase.

—¿A clase?

—Sí, Virginia, la Otra Vida existe —dijo Scarlet, tratando de arrancarle una sonrisa.

—Pero tampoco está tan mal —dijo Charlotte, dirigiéndole una sonrisa a Scarlet.

Scarlet se volvió hacia Pam y Prue.

—¿Cómo agradeceros todo lo que habéis hecho por mí?

—No es nada —contestó Pam—. Tú sólo mantente en tu lado de la carretera durante un tiempo, ¿de acuerdo?

—Nos vemos en tus pesadillas —añadió Prue.

—No si yo te veo antes —bromeó Scarlet.

—Y a *ti* te veo en el trabajo —zanjó Prue, diciéndole adiós a Charlotte con la mano.

Se les acababa el tiempo. Scarlet se acercó a Charlotte para despedirse de ella también.

—Jamás te habría traicionado —dijo Charlotte—. Lo sabes, ¿verdad?

—Pues claro.

—Es curioso —comentó Charlotte—, cuando estaba dentro de Petula, tratando de echar a Maddy, pude oír a la multitud gritando su nombre, sentir su cuerpo y verlo todo a través de sus ojos aun cuando sólo fuera durante esos instantes.

—No tienes que justificarte conmigo.

—Pero en lugar de desear ser ella —continuó Charlotte—, me alegré de ser yo. Eso de que te miren, te juzguen, te escudriñen constantemente personas que ni siquiera conoces, y que en el fondo están deseando que falles… —añadió Charlotte—, no era lo que yo pensaba que sería. Petula es una chica fuerte.

—Para todo hay una primera vez —dijo Scarlet jovialmente.

Se alegraba de que su mejor amiga se sintiera por fin contenta y en paz.

—¿Cómo me despido de ti otra vez?

—No lo hagas —dijo Charlotte—. Sé dónde encontrarte.

—¿Y eso qué es? ¿Una promesa? —sonrió Scarlet—, ¿o una amenaza?

Las chicas se abrazaron y se besaron en las mejillas, consolidando así un vínculo que, ni la vida antes, ni la muerte ahora, habían logrado romper.

Scarlet fue a reunirse con Petula, se giró para mirar a Charlotte y Virginia una última vez y salió de la habitación.

22

Todos dicen te quiero

La vida no se mide por el número de veces que respiras, sino por el número de momentos que te dejan sin respiración.

—George Carlin

Para ti es fácil decirlo.

Hablar es barato. Si no lo fuera, la gente tal vez dejaría de lanzar «te quieros» a diestro y siniestro como si fuese una frase rebajada en un cajón de la sección de oportunidades. Ser tacaño con los sentimientos, guardarse de expresarlos hasta el instante propicio, debería concederles más valor a ojos de aquel con quien finalmente te sinceras, por mucho que tarde en llegar ese momento. Si estás con la persona acertada, es una inversión que merece la pena. La pega es que, a veces, esperas tanto para escuchar esas palabras que acabas roto por dentro.

Y la ganadora es… ¡Petula Kensington! —exclamó el maestro de ceremonias.

El espíritu de Petula regresó a su cuerpo en el mismo momento en que se anunciaba su victoria. Tan mayúsculo era el alboroto que nadie se percató del cambio, salvo Damen, que sintió cómo su cuerpo volvía a estremecerse con una sacudida.

—¡Has vuelto! —Damen se sintió aliviado al ver que no iba a tener que acarrear con su peso medio muerto para reclamar la corona, aunque también se estremeció ante la idea de que Petula pudiese intentar lo del beso otra vez.

—¡Y tú! —Petula se colgó de su brazo y continuó caminando sin perder el paso.

—La verdad es que sólo he venido a ayudarte para que Scarlet pueda regresar.

—La acabo de ver. Dios sabe dónde —dijo Petula—. Está bien.

—¡Tengo que volver al hospital!

—Por lo menos acompáñame a recoger la corona. Es sólo un momento.

Damen rió, asintió y escoltó a Petula hasta el podio montado en el recinto de ganadores como un jockey a su purasangre, y allí contempló cómo la reina del año anterior la coronaba apresuradamente. La multitud estaba como loca. Petula volvía a tener la corona donde le correspondía estar, sobre su oxigenadísimo peinado.

—¡Oh, pero antes de que te vayas, qué tal uno para el anuario! —dijo Petula antes de plantarle a Damen un besazo en los labios delante de las cámaras.

Damen ni siquiera se molestó un poco. La vieja Petula de siempre había vuelto. Ella adivinó instintivamente la foto que buscaban los foteros y se la dio. Le rodeó el cuello con los brazos, volvió a inclinarse contra él y le susurró en el oído. Él intentó apartarla esta vez, pero se demoró un segundo, sorprendido por lo que acababa de escuchar.

—Gracias —dijo Petula con ternura.

Era lo más sincero que le había dicho jamás. Se sintió absuelto, y con más prisas que antes por reunirse con Scarlet.

Mientras los jugadores de fútbol salían al campo, Petula volvió a concentrarse en lo suyo, haciéndole a un lado y posando ella sola con su corona, a la vez que se aseguraba de que las Wendys quedaran fuera del campo de visión de las cámaras. Damen se escabulló sin que la marabunta lo notase apenas.

Antes de que pudiera escabullirse del todo, Josh se acercó a él y le bloqueó el paso.

—Hombre, Dylan —dijo tendiéndole la mano de manera afectada—. Sólo quería darte la enhorabuena.

Damen se apartó para sortearle; los deseos de regresar junto a Scarlet y tenerla en sus brazos habían relegado a un segundo lugar la rabia que escasos minutos antes había sentido hacia él. Pero Josh volvió a interponerse en su camino.

—Tu novia al menos sí que sabe ganar. No como tú y tu patética defensa de la temporada pasada.

—¿Te han dicho alguna vez —empezó a decir Damen muy despacio— que la mejor defensa es un buen ataque?

Damen cerró el puño de su mano derecha y le atizó un directo a la boca, tumbándole.

—No te ofendas —se burló para rematar la faena.

Él no era un tipo por naturaleza violento, pero tumbar a Josh, bueno, le sentó… genial.

Conforme estaba saliendo del campo vio un rostro familiar que corría en dirección opuesta. Era Kiki. Probablemente se había enterado de que Petula y su milagroso vestido habían logrado llegar a tiempo al Baile de Bienvenida después de todo.

Mientras corría iba gritando el nombre de Petula y algo más que no pudo entender del todo debido al clamor de la multitud y al hecho de que estuviera llorando de alegría, obviamente.

Era algo así como «está viva» o «¡VIVE!». Damen se rió para sus adentros mientras se volvía para ver cómo se abrazaban cariñosamente, y concluyó que cualquiera de las dos frases podía aplicarse perfectamente a Petula.

El clamor de la multitud no cesó hasta un buen rato después de la proclamación.

Petula comprobó el estado de su corona, se la recolocó y en ese instante recordó un consejo que le había dado Virginia. Según ella, las reinas salientes siempre querían sabotear el gran momento de la nueva reina, y por eso acostumbraban a colocar la corona torcida.

Cerró los ojos y se concentró en su pequeña amiga, tratando con todo su corazón y toda su alma de compartir aquella victoria con ella.

Concluida la ceremonia en su honor, Petula se arrancó el monitor del tobillo, y todos los presentes interpretaron el gesto como una señal de que ahora ya estaba lista para irse de fiesta.

Una mezcla de admiración y odio, emanada de cada una de las chicas que ocupaban las gradas, llovió sobre Petula conforme daba su vuelta de honor, sonriendo y saludando de forma condescendiente como si nada hubiera pasado. Su efusividad tenía sobrecogidas a las Wendys.

—¿Tú crees que será la dieta del coma? —se preguntó en voz alta Wendy Anderson con retintín.

—Puede ser —dijo Wendy Thomas—. Lo probaremos para el baile de fin de curso.

Petula se volvió y contempló a las Wendys, allí detrás, siguiéndola resentidas en sus coches.

Era justo como siempre había soñado que sería.

Damen entró en la habitación y se acercó intranquilo a la cama de Scarlet. Se la encontró tumbada, muy quieta, y para él eso no era una buena señal. No era lo que esperaba. Al inclinarse sobre ella, pudo sentir su respiración en la mejilla. Ya no era tan trabajosa como lo había sido. Se acercó aún más y rozó suavemente con sus labios los de ella.

—¡Tienes pintalabios en la boca! —dijo Scarlet con los ojos todavía cerrados.

Damen, sobresaltado del susto, se apartó de la cama de un brinco.

—¿Qué?, no podías esperar a que se enfriara el cuerpo, ¿eh? —dijo Scarlet abriendo lentamente los ojos.

—¡Scarlet! —exclamó él mientras tomaba su rostro entre las manos y la besaba, luego se apartó para contemplarla—. No vuelvas a abandonarme jamás.

—Ahora sabes cómo me siento cuando te vas a la universidad y no estás aquí —le contestó con una sonrisita, sintiéndose un poco grogui aún.

—Todavía no me creo que la hayas encontrado. ¿Quién iba a pensar que Petula tuviese alma?

Ella se echó a reír y levantó la vista hacia él, sus ojos avellana brillantes de alivio por estar con él de nuevo. Una lágrima solitaria brotó de los ojos de Damen.

—¿Es eso una lágrima?

—Sí, pero es una lágrima de hombre.

—Ya, pues sólo te falta ponerte perfilador masculino, aunque bien pensado tampoco estaría tan mal.

Damen envolvió el rostro de Scarlet entre sus manos. Y al mirarse a los ojos, la sonrisa dibujada en sus caras se desvaneció.

—¿Le has dado un beso a Charlotte de mi parte? —preguntó Damen, sintiéndose en deuda con Charlotte por haberle devuelto a Scarlet.

—Yo no doy besos a las chicas —respondió Scarlet con sarcasmo, pero sabiendo lo mucho que significarían para su amiga las palabras de Damen.

—Yo sí —dijo Damen besándola suavemente.

—¿Cómo? ¿Arriesgo mi vida, cruzo al otro lado, traigo a mi hermana de vuelta, y ésta es toda mi recompensa?

—Scarlet —dijo Damen sinceramente, mientras acariciaba la piel de porcelana de su mejilla con el pulgar.

—¿Qué?

—Te... quiero —dijo él recalcando cada palabra.

—¿Y sólo ha hecho falta que haya estado a punto de morirme para sacártelo? —le susurró al oído mientras lo abrazaba—. Yo también te quiero —dijo Scarlet, y le besó como si su vida dependiera de ello.

Charlotte escoltó a Virginia hasta el aula de Muertología, cruzando primero la Escuela de Educación Básica de Hawthorne a la que asistía y atravesando después los conocidos pasillos del instituto anejo.

—Me alegra haberlo visto por lo menos —dijo Virginia apenada refiriéndose al bastión de educación secundaria.

—Ya, bueno —dijo Charlotte con ternura, evocando los años que había pasado allí y tratando de restarle dramatismo a la presente situación—, tampoco era para tanto.

Virginia apreció la sensibilidad de Charlotte, pero la melancolía que detectó en su rostro le dijo que tal vez no había sido del todo sincera con ella.

—¿Sabes qué? Cuando mi amiga Pam me acompañó hasta aquí la primera vez, trató de hacerme reír porque yo estaba muy nerviosa —dijo Charlotte, haciendo verdaderos esfuerzos por reconfortarla—. Me dijo: «Mira el lado positivo, ya no tendrás que depilarte nunca más».

Virginia pensó que tenía su gracia, pero entonces cayó en la cuenta de que ella nunca se había depilado y de que, ahora, ya no lo haría jamás. Charlotte se desvivía por que ella se sintiera mejor, así que esbozó una sonrisita para aliviarla. Mientras recorrían el pasillo que desembocaba en el vestíbulo principal, Virginia estaba ansiosa por cambiar de tema, y entonces reparó en algo que le venía que ni pintado.

—¿No eres tú esa de ahí? —preguntó, señalando la vitrina de trofeos del instituto.

Charlotte se detuvo un segundo y contempló su foto del anuario y su necrológica, en el centro de la vitrina, rodeadas de trofeos deportivos, académicos y matemáticos, y de las fotografías de clases y alumnos de las distintas promociones, tal y como le había contado Scarlet. Al pie de su retrato se podía leer: «Su recuerdo vivirá por siempre en estos pasillos».

No se veía a sí misma, ni viva ni muerta, desde hacía mucho tiempo, y pensó en lo joven que parecía en aquella foto, aun cuando aquél fuera a ser su aspecto para siempre. La habían incluido en el grupo de Alumnos Destacados, y eso la enorgulleció, aunque bien podía tratarse de una broma pesada. No lo podía asegurar, pero tampoco es que le importase ya. Al fin y al cabo, se habían acordado de ella, y cariñosamente, además. El tiempo no tardaría en amarillear el periódico, pensó, y la fotografía se iría apagando, aunque, como es lógico, también lo harían las de los demás. Ella había estado allí, había vivido un tiempo. Y ahora eso le bastaba.

—Lo era —dijo Charlotte con calma.

—Pues parece que hiciste mella. ¿Qué eras? ¿Animadora o algo así? —preguntó Virginia

—No exactamente —respondió antes de hacer una pausa y cambiar de tema—. Virginia, hay vidas largas y vidas breves, pero todas son igual de importantes y todas deben tener un final. Lo de ahora es para siempre. He tardado mucho en darme cuenta.

Virginia rodeó con sus manos el cuello de Charlotte y la abrazó muy fuerte, y Charlotte supo que había hecho mella, ella también.

—Oye, menudo abrazo de oso. ¿Dónde estabas mientras yo me atragantaba con ese osito de goma?

Virginia no tuvo tiempo de preguntarle a qué se refería, porque en ese instante ambas repararon en la luz del proyector que, desde el interior de la clase de Muertología, se derramaba al exterior, al final del pasillo.

—Ya está —dijo Virginia nerviosa, estrujándole la mano a Charlotte.

—Así es —confirmó ésta, recordando que ella se había dicho exactamente lo mismo.

Charlotte la acompañó de la mano hasta la puerta y giró el pomo. Se asomó a la clase en penumbra, escuchó el ronroneo del eje del proyector al girar y distinguió las siluetas de los alumnos, que aguardaban sentados. Le pareció que había sido ayer o siglos atrás cuando ella pasó por allí.

Charlotte le hizo un gesto a la niña para que entrase y Virginia pasó al interior, sola. Al cerrar la puerta, Charlotte oyó las palabras que le asegurarían que la pequeña iba a estar bien.

—Bienvenida, Virginia. Te estábamos esperando.

Epilogo

Éste debe ser el lugar

I've been to paradise, but I've never been to me.
—Charlene

(He estado en el paraíso, pero nunca en mi interior.)

Todos aspiramos a alcanzar un lugar mejor.

Ya sea un lugar mejor para vivir —rompiendo con una relación nefasta o empezando una nueva—; o un lugar mejor espiritualmente —otra dimensión, tal vez, donde existir—; o bien el mejor de los lugares: el cielo. Charlotte se había pasado la vida, y la Otra Vida, tratando de alcanzar un lugar mejor hasta que finalmente cayó en la cuenta de que no había lugar que alcanzar, de que el mejor lugar estaba, y había estado siempre, en su interior. Ahora había cambiado y aquello en lo que se estaba convirtiendo compensaba con mucho lo que había perdido.

Por mucho que hubiese experimentado un desarrollo personal en su regreso a Hawthorne, Charlotte seguía sintiéndose sola mientras remontaba penosamente la boscosa ladera. Sabía que había hecho lo correcto al dejar atrás a Damen y Petula, y los sueños de su infancia, pero aún sentía el mismo vacío en su interior. Podía no ser más que el temor a enfrentarse a Markov lo que la inquietaba. Después de todo, todavía iba a tener que dar un montón de explicaciones. Había puesto en peligro las vidas de otros. Mentido, abandonado el complejo, faltado al trabajo. Todo y más. Las cosas podrían haber acabado muy mal. Sólo le quedaba esperar que Pam y Prue le hubiesen allanado el camino, aunque fuera un poco.

Pero tampoco se restó méritos por sus logros, algo del todo impropio en ella. Todos estaban donde debían estar. Se había deshecho de Maddy, y al ayudar a Scarlet a ayudar a Petula, había puesto en contacto a Virginia con su clase de Muertología. Ya no tardarían mucho en cruzar al otro lado, era sólo cuestión de tiempo. Y comoquiera que había trabajado tanto, pensó que tal vez podía alegar ante Markov que se había ausentado por encontrarse de viaje de negocios. Con todo, si tenía que pagar, aceptaría el castigo estoicamente.

—Me alegra tenerte de vuelta —dijo el señor Markov con un ademán cuando Charlotte pasó a su lado de regreso a su mesa.

—Me alegra estar de vuelta.

Todo seguía igual, salvo que ahora Maddy no estaba. Su teléfono había sido desconectado, y el cable, enrollado varias vueltas alrededor de éste por si acaso.

Sus compañeros parecían muy ocupados, y Charlotte pasó de largo con paso abatido y cabizbaja, sintiéndose incapaz de mirarlos a los ojos, al menos por el momento. Cuando llegó a su mesa, reparó en que Pam y Prue no estaban atendiendo llamadas. Recogían sus cosas.

La idea de que pudiesen abandonarla otra vez la paralizó, ése era el precio que debía pagar por haber echado a perder su segunda oportunidad.

—¡Usher! —escuchó que la llamaba una voz conocida—. ¡Quiero verte en mi despacho!

Hizo de tripas corazón, se aclaró la garganta y dirigió sus pasos lentamente hacia la oficina del señor Markov, fuente de la voz.

Cuando por fin consiguió armarse de valor, entró y vio la figura de un hombre apostado junto a la ventana, de espaldas a ella. El hombre se volvió y ella reconoció su rostro al instante.

—¡Profesor Brain!

—Charlotte —dijo el profesor Brain cariñosamente e igual de contento de verla a ella.

—¿Dónde ha estado? ¿Qué hace aquí?

—He estado justo ahí —respondió con severidad, a la vez que señalaba a la diminuta cámara que se cernía sobre Charlotte en la plataforma.

—No entiendo.

—Te he estado observando todo este tiempo.

Charlotte hundió la cabeza, humillada. Era demasiado bochornoso contemplar la sola idea de que Brain hubiese estado observándola todo ese tiempo, después de todo lo que había pasado.

—Se te puso a prueba —reconoció Brain—, pero no fallaste.

—¿Ah, no? —se preguntó Charlotte, completamente confundida—. Pero fue tan grande la tentación que casi…

—Recuerda que ya hablamos una vez sobre las buenas y malas consecuencias, y de cómo éstas son el resultado de las decisiones que toma cada uno y de sus actos, no de sus intenciones.

—¿Y a quién he ayudado yo con mis decisiones? —preguntó Charlotte displicentemente—. Ni siquiera he recibido una maldita llamada.

—Scarlet fue tu llamada. Era la que más te necesitaba.

—Casi lo pierde todo por mi culpa. Su hermana, su novio, su vida incluso.

—Todo lo contrario, le has devuelto todas esas cosas.

—Pero en ningún momento he hecho caso de lo que se me decía —dijo Charlotte argumentando en su contra—. He hecho lo que he querido, no lo que me pedían que hiciera, lo que todos pensaban que *debía* hacer.

—Exacto —contestó Brain.

—No hice lo que *usted* me dijo que hiciera —remarcó Charlotte avergonzada.

—Has hecho lo que te dictaba el corazón —la halagó Brain—. Es lo que hacen los líderes, y no los seguidores.

Charlotte no acababa de entender adónde quería ir a parar Brain. Todo aquello sonaba como si la Otra Vida fuese una especie de monumental sesión de psicoterapia. Empezaba a sentirse como si necesitara tomarse un día libre para aclararse las ideas.

—¿Acaso el único objetivo de cruzar al otro lado era ayudar a los demás? —sondeó a Brain, frustrada—. ¿Y qué pasa conmigo?

—A veces una buena obra es en sí su propia recompensa, Charlotte. A veces eso es todo y nada más.

—Pues el que llamó a esto la recompensa final debía de estar colgado —bromeó Charlotte.

—He dicho *a veces,* Charlotte. No siempre.

Lo cierto es que Charlotte había dejado de escucharle. Se fue hacia Brain, para abrazarle, para agradecerle que no la castigase y prometerle que no volvería a pasar nada por el estilo.

Al acercarse a él, el profesor Brain la invitó a que la acompañara al despacho del fondo.

—Charlotte, te has estado preocupando por todos. Ahora es el momento de que te ocupes de ti.

Charlotte entró en el despacho y vio a una pareja allí sentada.

—Han estado esperando para verte mucho tiempo —dijo el profesor Brain—. Más de quince años, para ser precisos.

—Hola, cielo —dijo la mujer con una voz que le resultó inquietantemente familiar.

La pareja se levantó expectante, y Charlotte corrió a su encuentro. Se abrazaron como si quisieran fundirse en uno.

El corazón de Charlotte, el corazón que durante tanto tiempo había estado buscando el amor, empezó a latir. Y se dio cuenta de que había echado de menos un lugar desconocido para ella, hasta ahora.

—Charlotte —empezó Brain—, éstos son tus padres.

—Lo sé —respondió Charlotte.

¿Fin?

Agradecimientos

Gracias a mi madre, Beverly, por todo su cariño y ánimos, y a Oscar Martin, mi pequeña bendición.

Mi especial agradecimiento a mi hada madrina, mi extraordinaria editora Nancy Conescu, por agitar su varita y hacer que todo sea real.

Mi más sentido agradecimiento a todos los que han contribuido a dar vida a *ghostgirl:* Craig Phillips, Megan Tingley, Lawrence Mattis, Andy McNicol, Alison Impey, Vincent Martin, Deborah Bilitski, Mary Nemchik, Tom Hurley, Andrew Spooner, Christine Cuccio, Amy Verardo, Andrew Smith, Tina McIntyre, Lisa Sabater, Lisa Ickowicz, Jonathan Lopes, Melanie Chang, Shawn Foster, Lauren Nemchik, Mary Pagnotta y Chris Murphy.

Nota de la traductora

Para que el lector pueda disfrutar cuanto antes de la «banda sonora» de *Ghostgirl El regreso,* incluyo una relación de los títulos de los capítulos en la lengua original que coinciden con títulos de canciones conocidas y el nombre del grupo o solista que las interpreta.

Capítulo 1. *The Slender Thread*
(*Slender Thread of Hope,* Steppenwolf)
Capítulo 2. *Pushing in the Pin* (The Yeah, Yeah, Yeahs)
Capítulo 3. *Bad Connection* (Yazoo)
Capítulo 4. *Epitaph for the Heart* (The Magnetic Fields)
Capítulo 5. *Dead Sound* (The Raveonettes)
Capítulo 6. *Girlfriend in a Coma* (The Smiths)
Capítulo 7. *Imitation of Life* (REM)
Capítulo 8. *Back in Your Head* (Tegan and Sarah)
Capítulo 9. *Bird on a Wire* (Leonard Cohen)
Capítulo 10. *This Is How I Disappear*
(My Chemical Romance)
Capítulo 11. *She Sells Sanctuary* (The Cult)
Capítulo 12. *Die Young, Stay Pretty* (Blondie)
Capítulo 13. *Shadow of Doubt* (Sonic Youth)
Capítulo 15. *Pretty Vacant* (Sex Pistols)
Capítulo 16. *Bizarre Love Triangle* (New Order)
Capítulo 17. *Tomorrow Never Knows* (The Beatles)
Capítulo 18. *Alone Again Or* (Love)
Capítulo 21. *We Will Become Silhouettes*
(The Postal Service)
Epílogo. *This Must Be The Place* (Talking Heads)